愿世上所有的孤单
都有温暖相伴

YUAN SHISHANG SUOYOUDEGUDAN DOUYOU WENNUANXIANGBAN

惊蛰小白

作品

民主与建设出版社
Democracy & Construction Publishing House

图书在版编目（CIP）数据

愿世上所有的孤单，都有温暖相伴 / 惊蛰小白著. —— 北京：

民主与建设出版社，2016.1

ISBN　978-7-5139-0992-1

Ⅰ. ①愿… Ⅱ. ①惊… Ⅲ. ①散文集 - 中国 - 当代

Ⅳ. ①I267

中国版本图书馆CIP数据核字(2016)第022679号

出　版　人：许久文

责任编辑：李保华

策划编辑：赵中媛

排版设计：曹　敏

出版发行：民主与建设出版社有限责任公司

电　　话：(010)59419778　　59417745

社　　址：北京市朝阳区阜通东大街融科望京中心B座601室

邮　　编：100102

印　　刷：北京彩虹伟业印刷有限公司

版　　次：2016年5月第1版　2016年5月第1次印刷

开　　本：32

印　　张：8.5

书　　号：ISBN 978-7-5139-0992-1

定　　价：35.00元

注：如有印、装质量问题，请与出版社联系。

如果，我飞过你的城市，走过你看遍的风景，和你驻足过同一片蓝天。
那么即使我们未曾相遇，也好像从未分离。

　　你说，旅途是推开答案的方式。但是那扇窗不在路上，而在你的心里。我们都需要给自己的生活，赋予一些新的意义。

　　原本想写一封长长、长长的告白给你，最终那些话还是说给了耳畔的风。有的时候，得与失如何分辨得清呢？

　　终究没有坐摩天轮，因为还没遇见你，可以陪我在最高处随时吻到星空，失落了仍能与我相拥。

　　在路上遇到骑着彩色单车的男孩子，他没有白色衬衫，我们也未曾相视一笑。如果那些条件都刚刚好，我一定把他写进故事里。

　　想给所有我爱的人写信，想那些爱着我的人回信。
　　请不要打电话给我，让我可以沿着文字的痕迹，找到亲
爱的你。慢一点，是想一直在一起。

　　把自己拍下来送给你，把所有的美好拍下来送给你。来换取，你把自己送给我的约定，好吗？

一起喝茶、吃饭，一起散步、回家。一起过生日、过纪念日，索性，一起白头吧……

c o n t e n t s 目　　录

我们后来也一样，尽过全力，才可以接受失去

你是我的路，我走一万年也不嫌长

从你叫什么名字开始，然后才有了一切

不如就承认一下，你没有想象中的那么坚强

我是惊蛰小白，愿你的每一次孤单，都被时光的温暖驱散。

序　25 岁，我有一个码头

　　其实 25 岁没什么好拿出来讲的，对我而言，只是有些事终于可以大大方方地拿到台面上来分享，论斤按两、分批售卖了。

　　从大学出来，所有的天真大概都成了齑粉，所有的骄傲和不信服都被世界劝退。这世界没人负责惯着我们飘起来矫情，我们又不是鱼塘可以被承包。青春走到这个地步，只剩下加班和穷，自以为的一腔鸡血，后来浪费得太多，都比不上一巴掌拍出的蚊子血叫人觉得心疼。

　　我的大学导师，是个洞悉人情却不世故的人。
　　说洞悉人情，是因为性格柔善的他，在眼下高校的学术氛围和教师编制里混得面面俱到，成绩不俗。说不世故，是因为他这么一个较劲的完美主义者，始终像个超龄青年一样，将激情梦想、文艺理念坚持得叫人艳羡，而他对新鲜事物的好奇和探索，甚至超过了我身边所有的同龄人。

他谈起电视娱乐节目的现状时说：一个国家刚刚过温饱线的时候，人们的主要思维不是反思、不是困扰，而是享受、是狂欢。因为以前过于苦难，这是很正常的事情。你周围的环境会影响你的喜好。当大家都在讨论都教授的时候，你突然冒出一句"那个面瘫外星人，哪里有我们雅人叔宇宙颜艺帝帅啊！"那估计大家以后吃饭就不叫你了。

他给参加比赛的团队成员打气时，则又化身为鸡汤段子手：像我这种生下来就没有抓到一手好牌的人，只能打好手里的烂牌了。

他的电影论坛免费对学校里的每个学生开放，每部电影都由他亲自校对字幕，编写影评推荐。一来一去，他一个人认真坚持了八年，并且依旧乐此不疲。

我常吐槽：老师，你往台上一站，不需要说话，就是一励志典型。

天才其实是不需要被崇拜的，因为基因决定了那种境界的遥不可及。反倒是我老师这样，凭借一点点小固执，靠着努力和实力把握自己的生活，自始至终保持初心不松手的人，才更叫人觉得真实。

我想，对我而言，那件一直被我固执地去坚持的事情，叫写作，它是我的码头。从来，我都没有放弃，也没有想过哪一天会停笔。我不喜欢拿工作和生活当借口，有时压力越大越是能让情绪在文字间爆发。

它是我的码头，是每个夜晚给我拥抱的地方。如果有段时间我不写东西，那肯定不是因为别的，只会是因为我写不出来。我需要驶出我的码头，重新去看看世界上其他的港口，感受不一样的爱和感动。

总有人问我——
小白，宅在家里有什么意思？
小白，每天上班累都累死了，你居然还有力气写东西？
小白，你为什么还是这个样子，没怎么变。
……

因为我想啊，世界再闹腾，也总该有块儿地方留给自己清静，比如我刚好有码头。这会让我把时光放慢，让那一点点无关紧要的死脑筋留住对生活的无邪想象，于是也留住了一些初心。

前段时间和一个五六年没见过面的老同学聊天，问点音频上的事情。他应该算是我在十五六岁时遇上的一场樱花雨，那时互生的好感，被我的胆怯真空打包，统统塞进了记忆的冷藏箱，轻易不对人提起。

如今，他远在大洋彼岸，在已然飘雪的美利坚问我："家乡天气如何？"

他的声音，瞬间好听了我的耳朵和心。

我笑着说："正是舒服的秋天，惠风和畅，天朗气清。"

他说："前几天看到你在朋友圈发的照片了，双马尾那张。是你高中时候的照片吧？"

我猖狂地笑起来："那就是我前两天拍的！哈哈哈哈哈哈哈……"

他："真的假的！？"

我："真的，只不过用美图 Duang 了一下。"

他："小白，你还真是没怎么变。"

我："等着你回来喊我天山童姥呢。"

他："哈哈，跟你聊天还是这么绕舌根子。"

他啊，似乎是隔着颠倒的日夜，如少年般给我带来了 15 岁时的季候风，打开了我们共同记忆里那个曾古灵精怪，爱玩爱闹的小白。那是小范围里不曾改变的我，是脸红，是心跳，是说不出口的青春胎记，是消除不了的粉色刺青。

在 25 岁的时候，猛然遇见 15 岁的自己，真是一场叫人高兴的重逢。

其实，我们是很难不被改变的。

为了生活也好，为了爱情也罢，或多或少我们都会选择妥协，选择去适应这个世界。只不过，当心里有了一份坚定，自然还能借着少年的心态去盛开25岁的年华，一路折腾一路不安分。

25岁生日这天，我收到了美女编辑给我寄的出版合同。天哪，还会有比这更让人激动的生日礼物吗？我丝毫不想回顾这些年碰过的壁有多厚，熬过的夜有多长，遭过的白眼有多生动。

我只想说：Finally，我在码头，获得补给，终于要重新出发。

在什么都没有的时候，我很庆幸自己还可以选择一种微小的坚持。

水木年华在我生日这天，出了首新歌叫《世界上最美的花》，就让我大言不惭地认为，这首歌是为我唱的吧——

> 人生是欢笑眼泪的舞台
>
> 不到落幕不知自己有多精彩
>
> 迎着风雨啊，骄傲地盛开吧
>
> 做一个悬崖上最美的花
>
> 迎着眼泪啊，不服输地笑吧
>
> 做自己心中最美的花
>
> 就在现在啊，坚定地绽放吧
>
> 做一个世界上最美的花
>
> 迎着年华啊，坚定地绽放吧
>
> 你就是世界上最美的花

所谓成长，
其实是一种温柔的修行

是谁说过，最后我们爱上的，都是起初最意想不到的那个人？她万万没想到自己会爱上沈昀飞，而且靠的完全是日久生情。待她回过神来，才发现自己的世界，早已满心满眼只有这个人。

我们没那么容易一下子就找准方向，也很难在天赋上拥有过人之处，所以我们总是低着头，撞到一堵墙，然后不停地换方向接着撞，直到练就一身铁头功，撞出一条自己的路来。

别跟着前任犯贱

前任就是这样，一直在那里，并以其特有的方式记录我们内心的山呼海啸，为了后来探访我们的人，为了我们自己更英勇的存在。

这个故事，源自真实。

01

叶芒白天在一家亲子外语培训机构做片区主管，主要负责行政上的事，带一两个班的学生。她晚上偶尔和同事出去吃饭、K歌、泡网吧，更多时候是一边叫嚣着"我想出去浪啊"，一边开着小车回家组团打网络游戏。

叶芒谈不上漂亮，但性格外向很有亲和力，再加上身材匀称高挑，无论如何都是个特别招人爱的姑娘。尤其是她对小朋友特别有耐心，不少小正太抢着要当她的男朋友。学生家长们隔三差五"叶老师"长"叶老师"短地要给她介绍对象，出国旅游也不忘给她带小礼物。

在和沈昀飞谈恋爱之前，只要是前男友，叶芒没一个不是撕得惊天动地，分得义无反顾。她把自己隔离起来，茶米不进地消沉一段日子，也就能继续拉着沈昀飞和一群死党跑去网吧打网游了。

那时，她还与沈昀飞称兄道弟，玩笑着约定彼此婚礼要出多少份子钱，从没想过窝边草也是断肠药。

直到有一天叶芒约了闺蜜看电影，见外面雨个下不停，就喊来沈昀飞接了自己，再去接闺蜜。叶芒积极地把沈昀飞介绍给闺蜜，替沈昀飞说了一大筐好话，什么富二代、暖男、脾气好、长得不赖全给他扣上，就差说天底下只剩这一个好男人这种话了。

沈昀飞尴尬地配合，脸上的黑线都快够织条围脖了。闺蜜实在见不得叶芒继续作死，干脆找个机会呛她："这么好，你不如自己收了吧。"

大概是旁观者清，闺蜜一语道破天机后没多久，沈昀飞就告白叶芒。

是谁说过，最后我们爱上的，都是起初最意想不到的那个人？总之，叶芒万万没想到自己会爱上沈昀飞，而且靠的完全是日久生情。待她回过神来才发现自己的世界，早已满心满眼只有这个人。

02

半年后，双方家长见面的宴席上，沈家妈妈三杯酒下肚，直言嫌弃叶芒家庭出身。一言不和，两人原本打算谈的婚事也就此尘封锁柜，再不能提。

不被亲人允许和祝福的爱情，就像《三打白骨精》里被唐僧赶走的孙悟空，明明什么都没做错，但在唐僧眼里偏偏哪里都是错的。

悟空即便满是委屈，也要梗着脖子回花果山，放不下齐天大圣那份傲气。

唯一不同的是，美猴王最终回到了师父身边，取经西天，修成正果，而叶芒和沈昀飞，是再也回不去了。

叶芒与沈昀飞的姐姐关系很好，沈昀飞小外甥过 3 岁生日那天，叶芒买了个蛋糕送去。彼时沈家人尚未到齐，饭店里只有沈家姐姐和小外甥。姐姐拉着叶芒，让她留下来吃饭，她借口说："不用啦，晚上还要加班。"

姐姐倒也不为难她，只是指着蛋糕对自己儿子说："看到没有，这是你舅妈给你买的，你要记好了。"

"谢谢舅妈。"小外甥的声音清脆得叫人揪心。

叶芒知道，沈家姐姐素来是支持自己的，然而她不知道，今天这顿饭，沈昀飞的新未婚妻要来——那个沈家妈妈属意的儿媳妇，小外甥真正的舅妈。

饭店华丽的走廊拐角，摆着一盆显眼的绣球花，开得格外热闹。叶芒刻意将目光移到花上，默契地与牵着未婚妻走过来的沈昀飞擦肩而过。

家族企业，利益联姻。没想到八点档的狗血戏码会发生在她叶芒身上，毫无新意，还不自带剧情反转的设计。电视剧想怎么演怎么演，而现实却是锋利无形的刀，容不得人半点挣扎。

十年相识，亲密如昨；一朝相别，形同陌路。

叶芒对自己说：叶芒，你必须清楚，他很快就要结婚了。

03

于是，叶芒鼓起所有的勇气尝试改变。她开始相亲，开始试着不去抗拒别人善意的邀请。

林晟是沈昀飞的同事，跟叶芒是在游戏里认识的，叶芒喊他晟哥，两个人平日比较熟。周末打完游戏，晟哥发消息问她："要不要一起看个电影？"

她说："好啊。"

看完《速度与激情7》回去的路上，叶芒与林晟聊得还算投缘。城市的霓虹成为白日与黑夜的交界，叶芒立在路边，看着林晟的车渐渐行远。她想着，或许自己是时候该开始新的生活了。

叶芒提了提肩膀上的手袋，转身走进小区。她抬头，一眼认出自家楼下立着的身影，脚竟然迈不开步子。沈昀飞双手插在裤兜里，从背光处走到面光处，脸上挂着打了霜的笑容："回来啦？"

叶芒握紧手里的包，方才想要重新开始的决心瞬间土崩瓦解："嗯。"

"《速7》看过了？"

她不想答，强逼着自己冷静下来，反问："你找我有事？"

"明天再看一遍吧。"

她一愣，摇摇头。

"票都买好了，不看浪费，你就当陪我吧。"

沈昀飞眼里的深情和执着让叶芒无从拒绝。她还是忍不住答应他，就像她删了两次沈昀飞的微信，却仍在沈昀飞再三的好友请求下，把他加了回来。

她心里也恨，恨沈昀飞每一次的出现都像是吃定她，吃定她心里放不下他……她知道，她一直知道，这不光是心软，这还叫作贱。

这晚，叶芒失眠了一整夜。

当毒药外的糖衣消耗殆尽，沈昀飞给的所谓痴情和关心，像馊掉的白米饭，自以为忍着酸臭吃下去也可以给身体提供能量，却适得其反，让身体逐渐腐坏。

早晨醒来，窗外阳光刺进她的眼睛，她忽然觉得累了、困了，于是关掉手机倒头大睡一天。她没有出现在电影院，也没有出现在任何人的时间里。直到晚上，朋友圈里才出现了她分享的 LOL 战绩，像是在昭告天下获得的某种胜利，格外霸气。

这之后，叶芒再没有接受过晟哥的好意。不是她不想重新开始，而是她明白，她与沈昀飞还没有放弃折磨彼此。

04

今年"520"那天是周三，叶芒在分院上完课，跟小朋友们集体"么么哒"，说完再见，开车回总院。回到办公室还不满三分钟，电话就响起来。来电显示的是一串号码，她虽没有存，却记得清清楚楚："喂，干嘛？"

"你下来。"

"我在分院忙着呢。"叶芒对他没什么好语气，只是拿着电话的手微微出了些汗。

"刚看到你的车进总院，下来吧，我在老地方。"那人挂了电话，没给叶芒拒绝的机会。

总院门口的路并不宽，车道旁的老路保留了两排梧桐树，不像六车道八车道那般咄咄逼人，冷冰冰得没生气，让人看着有种压迫感。

午后三点的阳光自梧桐树叶的缝隙间漏进来，路边的阴影处停着的白色奥迪格外显眼。沈昀飞穿着深灰色连帽风衣立在车边，脚上那双红白相间的三叶草显得很扎眼。他见到叶芒，勾起唇角，挥挥手。

叶芒深吸一口气，顺手抚平衣角的小褶皱，像是没有目的地，慢悠悠地走了过去，玩笑道："来看我怎么还空着手，好歹买两杯星巴克啊！"

沈昀飞笑笑，不置可否，转身打开车门，捧出一束百合："给你的。"

叶芒愣了三秒，迟迟不接。她抿了抿嘴："你知道今天是什么日子吧？"

"知道，"沈昀飞顺势将百合放入叶芒怀中，笑着说："520嘛。"

"那你还送我花？"鼻尖隐约浮满百合的清香，叶芒闻着有些懵，忍不住开口问了句："那……她也有的吧？"

未待他回应，她又笑着说，"总之，谢谢你。回头记得给我送喜帖，我一定包个大红包。"

"好，"他立在她的对面，有意无意地避开她的目光："我下午还有事，先走了。"他坐进驾驶座上，启动车子，缓缓放下车窗。

他看着她立在车边，客气地向自己挥手告别，无奈露出一丝苦笑："我只买了你的。"

叶芒抱着一大束百合回办公室，掀起不小的骚动。同事们起哄，让她赶紧发朋友圈秀恩爱。照片发了，却没人相信真的有人送花给她，死党老友们的吐槽很快占满屏幕——

"快把花还给同事。

这肯定不是真的。

又抢了别人的花来晒，也是蛮拼的。

都是单身狗，何苦自欺欺人。

……"

沈昀飞点了个赞，没有留言。

叶芒在朋友圈发了统一回复：你们一个个不拆穿我不行吗？

然后删除好友，拉黑沈昀飞。

既然相爱花了那么久的时间，那么分开也不必来得太快。相对于快刀斩乱麻的痛快，拖泥带水的反复挣扎或许才是所有感情的常态。

如果有一天真的要重新出发，叶芒希望一切都已折叠收纳好，妥妥地塞进了行囊，不再沉重。

05

《何以笙箫默》快下映的时候，叶芒一个人去了电影院。

说到底，她只是为了去听那一句折磨死人的"不愿将就"，去听自己心里的回响，去获得结束一段感情的仪式感，还有继续相信并期待爱情的那种勇敢。

聊起这件事，闺蜜避重就轻，挪揄叶芒作死作上了新高度，居然矫情到特意独自去看一部 MV。

"矫情就矫情咯！"叶芒倒是直言不讳，笑着自黑，"自己犯的贱，伤口再大也要舔完。"

起初，我们总会将一些关系的开始和结束依托在一部电影、一本书、一首歌上，但其实我们需要的是一个借口、一个劝服自己的理由、一个看着舒服的台阶。

当时间久了，看得清了，在某个清晨或夜晚，我们伸个懒腰，打个哈欠就把一切想通了，完全不需要任何人的帮助和提醒。

叶芒约闺蜜们出来吃饭，把送花事件当成段子讲给大家听。调侃起喜帖和份子钱的额度该如何把握的时候，一桌子人忍不住轮番编段子过嘴瘾，替她心疼——

"回头告诉他，喜帖给我们都准备一份，再单独备个前女友桌。"

"他结婚要怎么闹？我们这几个前女友，可是随时准备组团参观的！"

"直接穿婚纱出席，不等他开口先说一句：爱过。"

"要不要顺便怀个孕？"

"这个可以有，而且要几个月有几个月的！"

"哈哈哈哈！"叶芒捂着肚子，笑歪在一边，"你们不去当编剧，真是可惜了这么大的脑洞……"

正当闺蜜们准备再来一轮吐槽、宽慰叶芒的时候，她摆摆手，正经地来了句："好了好了，就这样吧，你们别再劝我。我虽然放不下他，但也不会再跟着犯贱的。他要是再来缠着我，我就把你们大闹婚礼的计划告诉他，让他当心点儿！"

06

爱情里，有些难堪避无可避。有人说恋爱就是个恐怖的东西，因为比起享受过家家似的快乐，承受其带来的麻烦和痛苦，才是不易和难得。

即便两情相悦，但有缘无分时，总有一个人要先走。"不是你，就是我"的选择里，不会有大团圆结局。离开一个人并不容易，先走的那个，若非不爱，需要更多的决心和勇气。

必得有人去认清现实——既然无法在一起，那就各安天命罢。

《花样年华》里，周慕云和苏丽珍都说过：是我。如果我有多一张船票，你会不会同我一起走？

然而，他们彼此得到的回答都是沉默。

这个世上，本没有如果，有的只是吴哥窟那个埋葬了秘密的树洞而已。没有人敢先踏出那一步，是因为无法抛弃顾虑，没有信心承担那一步可能带来的结果。

好的爱情理应有韧性，既拉得开，又扯不断。可惜好的爱情不总有，扯断了便是扯断了，爱情又不是骨折，严重时还能打根钢钉勉强支撑。

世上没有规定，爱情面前每个人都要英勇无惧，爱得懦弱与爱得卑微，同样是爱情本来的样子。

闺蜜们声讨沈昀飞太没用，为什么不为叶芒争这一次。叶芒亦问过沈昀飞，可末了，她也没有逼他给出答案。

毕竟爱是一回事，在一起又是另一回事。感情既然已经走到这里，他的选择、他的答案已不再重要，做回自己才是当务之急。

又是谁说过，眼前的一切就是最好的安排。

叶老师在分院给她的小男朋友们上完课，打算先搞定月度小结，然后把车送去 4S 店保养，刚好顺路到闺蜜家蹭饭。

今晚，她准备好好地吐槽一下最近相亲见的那个，话多到令人发指的奇葩男……

姑娘，请你与他友尽

周末，我的电话难得地响了起来，是闺蜜 Crystal 打来的。

"喂，怎么想到打电话来？"

"我来你家吃晚饭吧。"

"你说真的？"

"恩，当然是真的！"我家养了狗，她害怕，所以不会轻易到来。而这次她语气很肯定，我知道她会来。

"我去路口接你。"我匆匆骑了电动小破车出门，连手机都忘记了带。

这个素来开朗到有点儿没心没肺的姑娘站在路口，斜挎着黑色小包朝我招手，看上去笑得很灿烂。我将电动车停在她身边，留意到她的目光时不时地瞥向路边那辆有点扎眼的白色奥迪车。

"怎么回事？"我问。

"下午和他，还有几个朋友去看了电影。"她大概是被我犀利的目光盯得有点儿不自在，小心翼翼地问我，"他想请我们一起去吃饭，你说去不去？"

"不去。"我想都没想地开口，"你告诉他，友尽了。"

"哦。"本以为按她的性子，非得硬拽着我去吃饭不可。但这次她只应了一声，就乖乖地跑过去拒绝他的邀请，坐上了我的小破车。

白色奥迪里的男人是 Crystal 的前任，或者说前未婚夫。

他脾气温和、老实，这些年一直能迁就 Crystal 的小脾气，每逢加班下雨也总是驱车接送。我将这些看在眼里，并打心眼儿里认为他是很适合 Crystal 的人。

今年他们婚期都定了，却偏偏在双方家长约谈婚事细节的饭桌上闹掰。原因很简单，他的母亲因 Crystal 有些复杂的单亲家庭背景而毅然反对两个人在一起。他依附于他的母亲，又不是一个足够坚定而有力量的男人，于是他选择了屈服。他的母亲承诺补偿他，不久便为他买了那辆白色奥迪。

当断不断，反受其乱。

我一直反对 Crystal 再与他走得太近，不仅因为他将感情变得廉价不堪，还因为他性格里的懦弱和没决断，只会给 Crystal 带来更多的伤害。他迟早会找到新的女友，到时哪个女人能容忍自己的另一半与前任保持着所谓的亲密友谊？我甚至可以想见，两个女人和一个强势婆婆的大战戏码，要么狗血要么苦情，但决计是不会迎来大团圆结局的。

可 Crystal 始终放不下他，于是瞒着大家悄悄恢复了他们的朋友关系。她太傻，明知这样虚伪的友情泡沫迟早有幻灭的一天，却还是对他们的关系抱有幻想。

人心多么轻贱，又多么诚实。

即便知道没有未来，也无法放过彼此，总要纠纠缠缠地在对方生命里留下不可抹去的印记才甘心。感情和习惯若是能轻易割舍，我们每个人也就不会害怕爱错人了。

一个女人决定嫁给一个男人需要多少勇气？而在这个过程里女人又是下了多大的决心，才肯把自己的后半生完完整整地交出去？

奈何她所托非人，唯有让自己的付出被一次又一次白白地辜负。倒不如帅气地留下一个成全别人的背影，免得日后被现实折磨得彼此都恨之入骨。

Crystal 坐在我的电动车后座，抱着我的腰不说话。

"他前几天真去相亲了？"我叹了口气。

"恩。"事态果然朝着我们不乐见的方向快速发展。

"看上眼了？"

"应该是，"她将脸贴在我的背上，闷闷的声音仿佛传进了我的身体："看电影的时候，他一直在看手机、发短信。"

我一下子加重了手上拧油门的力道，小车子晃晃悠悠两下后才终于加速跑起来。那灼人的风和着刺眼的阳光招呼到我脸上，简直不识趣！

我深吸一口气，扯着嗓门喊："姑娘，这些事儿都过去了！咱能潇洒一点儿，别矫揉造作得就跟连续听了八十多遍《爱的供养》一样吗？"

"我知道的啦！"

"这次真的友尽了？"

"嗯，友尽了。"她笑了，我也长舒一口气。

很长一段时间里，Crystal 的脸上都没有笑容，连声音也阴沉沉的，一个礼拜竟瘦下去了十斤。

她对我说，她现在才明白那个人对她有多重要，才知道自己根本没办法接受失去他的生活。她哽咽着告诉我："我跟初恋分手都没有这么难过！我现在根本睡不着，满脑子都不知道该想什么……"

"亲爱的，你没做错什么，别跟自己较劲，时间会让你慢慢好起来的。"

"我终于明白 J 先生为什么会伤你那么深，可我居然还一直拿这事儿取笑你。"

"我不介意，以后我也能这么取笑你。"

她低头想了想，牵强地笑了笑："那也不错。"

我虽对爱情不强求，但 J 先生的移情别恋又让我明白爱情总是不对等，偏偏让我在失去的时候才发觉爱得那样莫名奇妙。

即便很多年过去了，我依然不愿意去想起他，也不愿想起那时候像傻瓜一样伤心的自己。我像黄小仙儿一样，放不下仅剩的自尊，放不下可怜的矜持，没办法开口挽留，没办法对他说"别离开我"。最终我还是决定一个人默默地忍受煎熬，咬着牙去习惯一个新的习惯，即便午夜梦回发现自己哭湿了枕巾。

这是我的骄傲，是我之所以成为这样一个我的全部证据。

那年"友尽"这个词还没有流行起来，我们只来得及做个尴尬而郑重的告别，像两个国度断交一般任凭路灯将我们的影子各自拉长，恋恋不舍后分道扬镳。

分手的人如果还能继续做朋友，要么爱得不深要么有人不肯放手。否则谁愿意神经兮兮地把伤自己最深的人放在眼前玩自虐呢？

既然我们无法操控记忆，不如就潇洒些，选择眼不见为净的"友尽"模式吧。

没有缘分的人，即便生活在同一座城市也不会再遇到，而我与他在年少时就将缘分用尽了。那些我以为过不去的，也都过去。我早已不再怨恨他，而我的骄傲也只允许自己在得知他结婚的消息时陷入三秒钟的惆怅。

只是我不得不承认，原来那个我曾钟爱的少年，到底还是把影子留在了我的生命里。

《前度》里说：那些需要对方的时候，我们也没在彼此身旁，就算有一天你已经认不出我来。但我们一起过的日子，永远都会在我的生命里，留下美好的回忆。我知道我不是他的最爱，可我只要他想起我。

是啊，偶尔想起就够了，因为我们还在忙着去遇见更好的自己和姗姗来迟的缘分。

一天下午闲暇，我在网上私敲了 Crystal："亲爱的，跟你说个事儿。"

Crystal 很久才回复："在呢，你说。"

"我在网上那篇与你有关的日记，意外有了几万的浏览量。我觉得需要给你报备一下。"我的手指飞快地在键盘上敲打，有些不确定，有些忐忑。

"……"她的沉默让我有点不安，也不知道她是几个意思。

"其实，我想让你看看日记下面的留言。"我安静地等待着未知的她的反应。

她说："文章发我看看。"

我忽然觉得我家姑娘的天灵盖儿上充满了灵气，已经不用我随时绷紧神经说些有的没的了。

于是我笑着将对话框里那行打好的字删除——知道这个世界还有那么多人和你一样，心情可好些？

都说只有幸福是相似的，但那些各有因由的悲伤又何尝不是呢？

其实我还想特意问一句：你现在有没有觉得自己特别神气，好像分分钟就能吸收天地精华，吐纳日月灵气，然后抖擞地投入到下一场作死里去？

晚上我看 Crystal 在线，便凑上去抖她窗口："对那篇文有什么看法没？"

"不错。"

"嘴硬。"我嗤之以鼻，"我懒得理你……"

你看，这个世界不止你一个人在伤心，不止你一个人放不下。

但也有那么多人从那里走出来，从那里开始微笑，从那里开始帅气逼人地甩了"曾经"一个响亮的耳光。

这就是最好的证明，是足以将我那浅陋的文字甩出几条街的有力证明。

我们一起将悲伤浸入满是泡沫的水盆里，搓洗拧干，然后齐齐晾在柔软的风里，任凭它们在漂亮的日光下消失。

有些人流了眼泪，有些人忍住眼泪，有些人擦干眼泪，有些人嘲笑眼泪……但我们终究都用力地踮着脚尖，一起狠狠地享受了那尚且留着淡淡洗衣粉清香的夏日气息。

最后我们相视一笑，知晓这就是悲伤的味道、干净的味道。

伤心过的人都有一双湿润而美丽的眼睛，因为我们深知那痛彻心扉的感觉，所以才会更加认真温柔地对待下一场际遇，才值得别人的加倍珍惜。

我忽然想起一首歌的歌词——

When I'm with you, there's no place I rather be.

We staked out on a mission to find our inner peace.

闺蜜请出手，喜欢先拿走

01

一切要从我公司楼底下那家必胜客开始讲起。

要不是必胜客又推出了每天指定产品半价的活动，我应该不会临时起意约方曾曾吃饭。

方曾曾是我的发小，个子不高但肤白娇美，活泼中略带一点迟钝、傲娇的体质。她是那种站在男生面前会让男生忍不住伸手揉脑袋的姑娘。

我们在必胜客靠窗落座，点完餐，她率先开启了欢乐的单身吐槽模式。从暗恋她的大学学弟最近忽然恢复联系讲到一个月前刚刚结束的一场相亲。

在披萨吃到一半时方曾曾突然摆出正经脸道："小白，你现在是一个人？"

"咳咳！废话，我还能是一条狗？"我鄙夷地看她一眼，然后狠狠地吃掉一块披萨。

过了会儿，她双眼弹开一道光："小白，我给你介绍个男朋友吧，是跟我平时玩得不错的同事，我觉得你们肯定聊得来！"

"喂！还能不能认真地吃饭了？"我皱着眉舀了勺蘑菇汤，严肃地问，"长得帅吗？"

"长得还不错啊，关键是他也喜欢动漫，你们有共同话题。"方曾曾瞪着溜溜圆的眼睛，用期待的目光看着我，诚恳得像一碗热辣辣的牛肉面，"我保证，他人真的很 Nice，我绝对不会随便介绍的。你们可以先接触试试，就当交个朋友也不错啊！"

我内心本来是拒绝的，但像我这么口是心非的人，一般不会把真实的想法说出来："先把微信加了。"

方曾曾麻溜儿把我微信给她同事发了过去，然后她同事麻溜地加了我。看着好友申请，我抬头问她："你还没告诉我，你同事叫什么……"

"陆杨。"

此处该有一个大大的"终"字，因为这就是我和陆杨全部的故事。

陆杨加我好友之后，没给我发过半个字，更别提有什么下文了。

这种情况，陆杨摆明是没有要与我交流的意思。他大概是为了敷衍方曾曾才加了我的微信，那我肯定要配合，争取做个合格的僵尸粉。

过了段时间，方曾曾特地跑来问我："你和陆杨聊得怎么样？"

像我这么知情识趣、不随便拆台的人，怎么会随便打小报告呢？我一般都是恶人先告状："我告诉你啊，以后这样不靠谱的少年你自己留着，加我微信一个月，连句 Hello 都没有就算了，朋友圈也不点赞，显然那位仁兄完全没有积极寻求结束单身可能性的意思嘛。我又不是上赶着要找男朋友，就不强求了。"

面对无辜的我，方曾曾的正义感"唰"地飞上双颊，变成两团小火焰："他明明答应我要联系你的！我去给你讨个公道！"

幸亏我拦住了她，不然闹出场人间惨案就不好了："讨什么公道，都是你情我愿，他也没做错什么。"

"不行，这件事他必须跟我说明白！"

后来，方曾曾给我打电话，一个劲儿地跟我说抱歉："亲爱的，我问过陆杨了，他说他现在根本不想谈恋爱，所以才没联系你。哎，早知道这样，我就不介绍你们认识了。"

我笑着宽慰她："没事儿，以后介绍个更帅的，我就会原谅你了。"

"包在我身上。"她信誓旦旦地说着，然而我半个字都没信。

我说："行了行了，你先把自己的个人问题解决，再操心我的事吧，五十步笑百步也是够了。"

方曾曾无言以对。

02

端午节放假的时候，我除了要跑一些甲方的假日活动外，基本就宅在家一日三餐跟粽子和咸鸭蛋拼命。有天我在朋友圈吐槽这无良的节假日加班狗模式，方曾曾看到后，飞快地给我来了电话："喂，小白，你在哪儿？"

"市中心啊，我刚加完班，准备回家。"

"我在唱 K，你来吧！"

"管饭吗？"

"管饱。"

"等我 5 分钟。"

"8102 房间。"

冲进 8102 的时候我才意识到自己又犯了一个错误，我像个女英雄一样精准地"破门"而入，大喊一声："小爷来啦——"

于是整个包厢顿时安静下来，诡异地飘荡着《后会无期》的伴奏音乐……是的，这些人里面，除了方曾曾，我一个都不认识！

原来这是方曾曾公司同事的小型聚会，我没问就答应来凑热闹，果然是忘了吃药。我本是一个麦霸惯了的人，如今却憋缩着窝在角落里撑起脑袋观察 KTV 包厢里的众生。

除我之外，包厢里一共六个人，其中有一对小情侣大概尚在蜜月期，打我进门开始，手就黏在一块儿没分开过。有个姑娘低头刷手机，大约是点的歌还没轮上，无聊得紧。另一边儿，方曾曾正拖着个姑娘合唱《女儿情》，声情并茂。

而坐我旁边的，存在感极低的那位小哥，我是最后才发现他的。

这小哥架着一副黑框眼镜，不唱歌也不刷手机，坐的位置比我还偏，几乎就没有光能打到他身上。我本来是不会注意到他的，但在微弱的灯光里，他夜光手表一样发亮的眼神成功引起了我的注意！

很好，这种小眼神我刚好不陌生。

我好奇地顺着他的目光看过去——好家伙，他一眨不眨看着的不正是我家方曾曾嘛！

内心的小恶魔忽然占据了上风，于是我问："哎，你好，你有微信吗？"

"有啊。"他没想到我会主动搭讪。

"我有个朋友圈在集赞，请你帮个小忙呗？"

他倒也好说话，随即把微信号报了给我。我往搜索框里一输，跳了"陆杨"两个字出来……

我飞快地按下锁屏键，扭头说："巧了，刚集满赞，就不麻烦你了。谢谢！"

"不客气。"

我说呢，为什么干晾着河山大好的世界，敷衍我到连个招呼都懒得打。原来醉翁之意不在酒，陆杨这厮早把心思放到了我家方曾曾身上。

这下要有好戏看了。

待到唱完歌，众人去吃火锅，脱离了 KTV 闹腾的氛围，大家终于看清了彼此的眼睛、鼻子，正经地认识起来。

方曾曾兴冲冲地把我推到陆杨身边，介绍说："这是小白，你知道的吧？"

"谁？"陆杨有点疑惑地看着方曾曾，表示没想起来。

"你居然不记得了！你想气死我啊！就是我之前把她微信号给

你的那位！"她有些尴尬地打圆场，"小白你别介意哈，他就是这样的人，健忘。"

"啊——我想起来了！"陆杨眼瞅着方曾曾要跟他急，连忙朝我道歉，"真不好意思，我刚刚忽然短路了一下。"

"没事儿，我这人心宽。"好家伙，完全不记得我，干得漂亮。我缓缓一笑，笑里藏刀，"以前不记得就算了，以后可要记牢。我是曾曾的闺蜜，保不齐你将来要找我帮什么忙，是吧？"

我故意把"曾曾的"三个字加重了语气。

估计陆杨听出我话里对他有点意见，果然吃完饭又单独找了机会跟我说不好意思。我摆手说不介意，他总算放了心。

看着他刚松口气，我的演技上线了。我一抿耳边碎发，随口问："听曾曾说你们公司最近很忙？"

"还好吧，正常。"

"怎么听她抱怨最近抽不出时间出去玩啊？我连想给她介绍朋友都没机会。"我表现出的八卦热情，完全是在助攻嘛。

"是、是吗——我不太了解她们部门的。"陆杨脸色忽然比方才更尴尬了。大概是听到我要给方曾曾介绍朋友，他显出些不自然，"可能最近是比较忙吧……"

"忙也不至于不放假嘛。"我说，"我回头换个人再问问，这事儿你别跟曾曾说啊。"

这时方曾曾蹦蹦跳跳地跑过来，亲昵地挽着我，问我们在聊什么。

"我刚想问陆杨，动漫新出的番他最喜欢哪部。"我朝陆杨使了个眼色。

陆杨一板一眼地配合："倒是没什么特别喜欢的，还在追上一季播到现在的《亚尔斯兰战记》。"

"停——"方曾曾悻悻地看了陆杨一眼，"以后我在的时候，不准你们谈动漫，因为我听不懂。"

"好。"陆杨笑着一口应下。

"No way！"我笑着一口回绝。

03

后来，我偶尔刷朋友圈，每次都能看到陆杨在方曾曾的状态下点赞、留言。什么公司素拓培训好累，什么电影特别好看，什么哈根达斯吃的就是心痛……

每个方曾曾晒照的场合，陆杨都是前期全程参与，后期线上互动，那状态简直是 360 度无死角。

我看在眼里，满满的"此地无银三百两"。陆杨表现得也太明显，可方曾曾却好像还没开窍，一副友谊地久天长的样子。因此，我的内心戏是这样的：呵呵呵呵呵呵！

他们到底什么时候能捅破这层窗户纸，结束这变相的隐形虐恋！都说旁观者清，但看得太清不就是自虐么！是谁发明在微信朋友圈好友评论可见的？

麻烦你过来一下，我保证不打脸！

礼拜六晚上，方曾曾大惊小怪地冲到我家，对我说有人跟她告白了。

我扶额，问："要我猜一下？"

方曾曾瞪圆了眼睛，反问："你猜得到？"

"别说不是陆杨。"我淡定的态度都快略带一些些嫌弃出来了。

"你是怎么知道的！快告诉我！"方曾曾崇拜的眼神把我酥得不行，"我把身边所有可能的人都想了一遍，愣是没想过陆杨。"

我白了她一眼："去看看你的朋友圈，作为你跟他唯一的共同好友，我简直是被迫天天看你们演对手戏。"

"那……"方曾曾犹豫了好一会儿，扭扭捏捏地问我，"那我该怎么办？"

我看着她一脸娇羞："看你这样子，说不喜欢也是嘴硬吧？"

"现在想想，他对我确实蛮好的。"

"你反射弧有点长，我是知道的。"我说，"那你答应他没？"

方曾曾点点头，然后紧张兮兮地问："小白，你不会多想吧？别生我气啊……"

"气——我当然气！"我憋住笑，"你说我去买衣服，搞半天你给我介绍的是自留款，不卖的！你让我怎么办？"

"怎么办？"方曾曾一把抱住我，"小白，我不能没有你！真的！真的！真的不能没有你！"

"能别跟刷二三十遍假票房一样作死，继续挑战观众双Q极限了吗？"我擦了擦瀑布汗，笑着说，"这件戏服你快美美地穿起来，搞什么假动作。"

"中国好发小！"

此后，方曾曾的朋友圈就从隐形，变成了显形。我恨不能拉黑，从此不断自求内心出现的阴影面积。

天可怜见！

有一回我跟方曾曾闲聊，这才清楚他们两个人一边谈情说爱一边把我当炮灰的来龙去脉。

陆杨刚进公司那会儿就觉得同期里有个叫方曾曾的姑娘特别水灵，为人又热心，虽说时常有点小迷糊，但很好相处。

几个年轻的同事在入职培训时吃过几次饭，随之便熟络起来。陆杨发现方曾曾不仅长得小巧可爱，而且有趣懂事儿，挺有主见。公司的讲演比赛中，陆杨欣赏方曾曾的上进心，办公室复杂的人际关系里，他心疼她受的那些小委屈。

总之，爱情来的时候，是没有理由的，全凭一种感觉。在陆杨眼里，方曾曾像万花筒一样，怎么看都美好得要命。

所以，当方曾曾要给他介绍女朋友的时候，他内心几乎是崩溃的。

他忽然不太明白，到底是自己表现得不够明显，还是方曾曾后知后觉。因为他觉得连我这个外人好像都看出来了，为什么方曾曾还看不出？

他不好意思拒绝方曾曾的美意，只好先加我微信，再对我一阵冷处理，让我知难而退。事后想想，他也是颇为心塞。

其实在我看来，方曾曾对陆杨自然是有好感的，她能把陆杨介绍给我，至少在她心里陆杨是个靠谱的好少年。只是她没意识到，这个聊得来、玩得来的同事，早就不知不觉地成为她日常生活社交中的主要角色。她一个劲儿地说"我们太熟了，不可能的"，却未曾想自己的这部电影早已给他太多镜头，删不掉了。

不是有句话说，最终在一起的，往往是自己最想不到的人嘛！或许爱我们和我们爱的人，就在身边，只是有待发现。感情大概有一种火候，时间到了，自然能熬出一锅浓汤，早了晚了，都是败笔。该是谁的，谁都逃不掉。

04

如果非让我挖个坑、陪个跑也没关系，跟方曾曾认识了二十几年，算得上是穿过一条开裆裤的交情，这点炮灰产生的伤害我还是扛得住的。反正收获幸福的是我身边最亲爱的姑娘，而陆杨对我来说也仅仅是个乌龙。

可我觉得大家还是尽量别在单身的时候作死，老急着把身边人介绍给死党闺蜜。万一发生闺蜜爱上了、自己也爱上了的情况，那不是平白添乱、添堵吗？往后见面是互相谦让还是你死我活？

每每想起这件事，我都要翻两个白眼。所以说，闺蜜请出手，喜欢的就先拿走。我不是导演，顶多算个友情客串。他们感情这事儿我不掺和，但做炮灰这事儿，下回谁要再想让我友情出演，能先给发个微信红包吗？

我可是看过很多闺蜜撕来撕去的桥段，电影也好现实也罢。

按着背叛而后原谅、接着继续背叛的套路，再以郭敬明的电影《小时代》作范本，那我当炮灰的正确打开方式，显然应该是冲到方曾曾面前大骂一声心机婊，然后以自尊和情感上受到双重毁灭性打击为由，随手抄起一杯开水泼过去。

此刻，陆杨理当飞身出来扑救，挡在方曾曾面前，容颜尽毁。方曾曾从此对我恨之入骨，却又不忍亲手埋葬我们之间的深厚友谊，于是带着陆杨去做整形手术……

那画面太美，我不敢想。

有时候，闺蜜看起来是跟自己截然不同的人，但往深里想，最后能维持长年情谊的女生，该是持有着势均力敌的资本，或是具有某种相同的特质，又或是有共同的爱好和追求。两个人是彼此独立却又彼此依赖的。否则，生活在两个世界里，这架天平总有斜的时候。

尤其是当各自的生活里出现某个男人，各自消磨了情绪，疏于沟通之时。

我们虽见证了彼此的成长，但终究不能代替彼此去生活。因而，为了避免不必要的误会，闺蜜交情再深，相处起来也需要用心维持经营。

不能让亲密无间最终变成渐行渐远。

纯情已死，果然名不虚传

天气开始回暖的时候，其实我是拒绝的。

宅男世界，只有在被冬天厚厚包裹的日子里才会显得理所当然。但仔细想想，我也确实不想错过今年这个春心荡漾的好时候，尤其是在我尝试勾搭女神之后。

她是我小学同学，从小有点欺负我的那种。

她像是有着栀子花香味的橡皮，在我课桌上的三八线和田字格的作业本上留下抹不掉的味道，并且一直深藏至今。她不是那种看上去很惊艳的漂亮，却有着一种不经意间流露出的动人气质，触动我的神经，吸引我的心神。

后来，我私下称她小栀妹子，以表示我懵懂的青涩初恋和骚动的少年情怀都因她开始。

小学啊，是个进行任何吵架行为都可以被看作是年幼不懂事、做什么都不用负责任、什么都会忘得很快、十多年后聚会能以重叙旧情为名凑成一对是一对的时代……

我和小栀妹子就在这样的聚会上重逢。我口笨，但好在可以聊动漫。对了，她玩网络游戏，这个话题也不错。总之，我心生懊悔，只叹重见恨晚。

　　所以说，人世间的重逢与相遇，大概都是一言难尽的。

　　去年下半年，我终于读完研究生从大西洋沿岸飞回天朝，然后直接失业小半年。这半年，我不太敢联络小栀妹子，可能是无意中得知她打算硕博连读，所以心里骂了好几十万遍那只去年买的表。

　　今年我在上海实习。我选择实习地点的时候有一点点私心，因为她在上海读研。实习结束前，我终于问她要不要见一面。后天我离开上海，想来以后我们要见面就难了。

　　"好啊，来我们学校，请你吃饭。"她回复我的时候很爽快。

　　周六上午 11 点 27 分 43 秒，她出现了，没迟到。

　　前一秒我还在研究春光是否明媚，待会儿该说点什么缓和许久未见的微妙生分，后一秒我就让荷尔蒙淹没了所有的智商和幽默感。

　　阳光有没有像细腻的卡布基诺奶泡那样洒在她的侧脸？三月春风里的落花会不会藏进她散着香波清气的发间？还有她修长小腿和纤细脚踝之下的那双高跟鞋，是不是重新染绿了走道上枯黄的香樟叶？

　　而她笑着朝我挥手时，会露出左边脸颊上浅浅的酒窝，不知道能不能装得下我全部的心思和秘密？

　　我像个白痴一样走在她身边，跟她去一家听说名字很怪的茶餐厅。

　　"你知道吗？之前有个学长还在那家餐厅里对学姐告白，引起过轰动呢。"她说。

"当时你在现场？"我问。

"其实，我也是听说的。"她笑笑。

我不知道该接什么话。

她跟我讲学长表白，难道是在暗示什么？是不是她其实也希望被这样告白？是不是我今天要找机会说点关键的话？是不是我想多了？

沉默，走路，偶尔的，无关紧要的对白。

结果，那家餐厅今日没开张，我们只好走进了旁边的一家小火锅店，还是一人一小锅，各点各的那种。我倒不在乎吃什么，只是这火锅店的气氛也太接地气，完全不是少女漫画应有的节奏。我们的话题是这样分配的——动漫 25%，网游 25%，学校生活 50%。

"《月刊少女野崎君》你看了吗？强烈推荐你看！"等上菜的时候，她自然而然开启了动漫话题，看上去很贴心。

但是……我愣了一下，问了句："嗯？这番不就是我推荐给你看的吗？"

"是你吗？"她显得有一点点惊讶，或许还有一点促狭和尴尬。

"不好意思啊，可能我忘了。"

当时我心里真的有无数羊驼飞奔而过，但就在看到她伸手错拿水杯，喝了口我那杯水的一瞬间，我决定无视所有不和谐的内心想法。

我故作淡定地提醒她："呃，你刚刚好像喝了我的水。"

"啊，对不起！"她咬着嘴唇慌忙把水杯推过来。

其实我见女生手都会抖三抖，但我此刻必须表现得风轻云淡。

所以，我十分善解人意地说："没事儿，这种事儿我常干。"

她笑得太意外，迅速呛了一口气。那涨红的左侧脸颊再次露出浅浅的酒窝，融化了我的心。

饭吃过大半，她饱了，放下筷子，看看眼前那些吃不完的菜，朝我瘪瘪嘴，"要不，你把我的豆腐和肉吃了吧？别浪费。"

我的思绪还停留在"吃她豆腐"这种单曲循环般的兴奋点上，手却已经不自觉地把两盘菜拖了过来——哎，我是真没吃饱来着。

我吃着她的"豆腐"，像长长的痒痒挠伸进领口，肆无忌惮地给我挠着痒，有种暗暗的爽。

这要换作二次元，我现在的人设肯定是个色心不死的邋遢大叔吧。

吃完饭，她要埋单，我拒绝了。

我说："第一次和你吃饭，没有女生请的道理。"

"你是客人嘛，说好我请的。"她说。

"下次你请。"我迂回了一下。

"那我一定请个贵的。"她说。

我不禁为自己的机智点赞，因为这样不就意味着下一次的见面指日可待了吗！

饭后，我和小栀妹子开启了逛校园模式。我低头看了看表，两点十一分。抬头看了看云，天气真好啊。她走在我前面，就像两年前小学聚会遇到时那样，从背影看去一点儿也没有改变。有那么一刹那，我感到有佛光普照，想要鼓起全部的勇气，去牵那只在风里轻轻晃动的手。可一手的汗活生生掐灭了我的冲动！

粉红色的小火苗挣扎了几下，终于冒起一缕被浇灭后的孤烟，伴随着我出窍的灵魂碎在风里。

她浑然不觉我激烈的内心戏，转身笑着问我："你还记得，上次你在微博分享的那篇很火的故事嘛？我以为就是个搞笑日常，真没想到居然变成了灵异文。"

我懵了，一边努力回忆一边说，"不可能啊，我从来不分享那些。"

"我记得的，你可能忘记了。"她说得很肯定，肯定到直接让我的记忆出现了错乱。

"也许是忘了吧，回头我去微博翻一下。"我犹豫了，我对自己产生了怀疑！

我甚至会开始不确定自己是否真的对韭菜避之唯恐不及，如果她说我喜欢韭菜的话……

临别总是来得太快，叫我再次看表时被杀了个措手不及。关键的话，一句还没说出口。夕阳像个不规则的鸭蛋黄挂在树梢，好丑好丑的。

"就送到这里吧，不然你回去就晚了。"她立在宿舍楼前朝我挥手。

"我喜欢你。"

　　话从我嘴里说出来的时候，风很轻，云很轻，光很轻，而我的眼里只有她沉沉的目光和摄影技术那种高斯模糊后的宿舍楼背景。

　　于是，在勇气耗尽的前一刻，我问："如果我愿意的话，你愿意做我的女朋友吗？"

　　她"噗嗤"一声笑了，浅浅的酒窝深深下陷："你愿意也没用，因为我有男朋友了。"

　　她说得轻描淡写，我听得天崩地裂。

　　"你从没告诉我。"

　　"因为你从没问起过。"

　　"那，我算什么？"

　　"如果你愿意，我们可以一直保持这样的友情，我无心伤害你。"

　　"对不起，我该走了。"

　　"那么，就这样吧。"

　　"嗯……"

　　转身离开的时候，我决定要为自己那颗少男心立传刻碑，从此走向玩弄世界的康庄大道。人与人之间的第四类情感，传说中的暧昧，容易叫人上瘾，也总有人乐此不疲。

　　回去的路上，我心里产生一个心寒的念头。我翻遍自己的微博，没有任何关于我转发了什么网文的记录。

　　小栀妹子或许错将我记成另一个总是给她留言的男生，所以她的暧昧可能也不属于我一个人。那么为她推荐动漫的人，自然还会有别人。

不止我一个，所以不挽留。

我有什么错？错的是世界……

我打电话跟阿初诉苦，告诉她，我要埋葬一场只为告别的重逢。阿初是和我关系最好的女同学。

我说："人世间的重逢与相遇，大概都是一言难尽的。"

她告诉我，过去的都是风景，剩下的才是人生。我忽然很享受她的关心和安慰，甚至可以敏锐地感知到她的些许殷勤。同时，我发觉自己有一点点叫人恶心。

听说纯情的人死于暧昧，今日得见，果然名不虚传。

你的努力，不一定有用

　　去云南见甲方之前，团队的每个小伙伴已经连着牺牲了四天国庆长假，时间太紧，我们只好加班加点完善方案，力求每个细节的考虑都是经得起推敲的。临出发前一天，我们终于制作完提报方案的初稿，大 Boss 让我先回家，准备明天出差的行李。

　　当我走出办公楼，十月秋夜的凉风吹来，从未消歇过的主干道也沉寂下来，靠着霓虹灯装点一下门面。我有那么一瞬间不知该往哪里走，仿佛全世界的疲惫都在这一刻涌入我的身体，让我变成了一罐过期的凤梨罐头。

　　小城的十一点，公交车都谢幕退场，幸好我今天开了车来上班，否则我或许会选择来一场深夜的流浪，去调戏路边花坛里的野猫，跟烤串摊的老板搭个讪，最后在地下通道里放声大唱《穷开心》……

　　广播里，主播照旧聊着些男欢女爱的话题，时不时播一两首情歌应景，从《七里香》到《一生所爱》，听得人昏沉欲睡，于是我成功拐错了路口。

　　"我晕！"我无力地扒着方向盘，前方掉头重来。

第二天一大早，我们带着两个月的努力、耗费了四天四夜的方案，踏上飞往彩云之南的航班，开启了一场千里找虐的旅程。

显然，当甲乙双方面对面的时候，就注定这场商务谈判是个错误。甲方老总圣心独裁，虽然对建立自己的品牌有着执着的追求，事事亲为，但却不信任自己的团队。而我们作为乙方，精心策划的品牌推广计划与甲方眼下对产品促销单页的设计需求大相径庭。

不知道是我们的大 Boss 前期与甲方老总没有沟通好，还是甲方老总一天一套花样作死，总之在昆明，我们的团队每天都被逼着彻夜修改方案，一遍遍地尝试去满足甲方的需求。然而，这又有什么用？

一场牛头不对马嘴的闹剧注定没有好的结局。于是合作谈崩，我们所有的努力付之东流。

对于这次合作的失败，大 Boss 率先进行了深刻的反思，他把我喊进办公室："小白，你觉得这次在云南，问题主要出在哪里？"

此时，我的内心戏足以写一部《甄嬛传》！这个问题，大 Boss 其实在从云南飞回来的时候就认真跟大家讨论过了，我们都认为，虽然双方在沟通上存在一定问题，但甲方既要不顾形象地抓住眼前销售旺季的利益，又不肯后期增加在品牌上的投入，这种做法本来就是自相矛盾的。

眼下大 Boss 重新把这件事拿出来问我，是要我背锅吗？还是职场思想政治随堂测验？总不至于要我痛斥甲方老总傻缺以获得心理上的安慰吧！

"Boss，我觉得是时机不对……"

"怎么说？"大 Boss 严肃地看着我。

"甲方这类销售额还未上亿的区域性企业，还没有达到行业内做品牌的级别。"大概是这段时间我全泡在工作里，说出来的话都有种"没吃过猪肉，还没见过猪跑啊"的感觉。

"嗯，这是一方面。"大 Boss 点点头，转而对我说，"不过小白啊，听说你为这事儿特受打击，是不是？"

企业心理咨询服务？大 Boss 这是在办公室安插了间谍啊！这个项目本来应该是我独立接手的第一个案子，说实话，我花了相当大的心思和精力在上面，想要把事情做得漂漂亮亮的。

可是合作的半路腰斩，让我此前所有的辛苦和付出都成了飞灰。说我没有挫败感，没有委屈，那是不可能的。

我无法把这种情绪表现得太明显，只好扯出个略显无奈的笑脸对大 Boss 说："其实我也还好，就是稍微有点难过，毕竟之前一门心思扑在这个项目上，想把这个品牌做起来。"

"小白，这件事主要责任在我，是我前期没有跟甲方沟通好，所以你别太难过，也没人怪你。吃一堑长一智，这种案子我们以后就不接，做其他案子也要避免出现类似的问题。"大 Boss 顿时化身为知心大叔，语重心长地跟我说，"很多事情，方向不对，你再努力也没用。但是没用就不努力了吗？难过就有用了吗？年轻人该跌的跟头还是要跌的，不然下次怎么知道什么是对，什么是错。"

"嗯嗯。"我感动得使劲点头，因为大 Boss 这碗鸡汤灌得好。

努力就跟开车一样，是需要方向感的。人们总是喜欢用朴素而饱含深情的词汇来描述那条通往成功的路，比如坚持、努力、认真……可是努力这样的事，从来没有人给它买过保险，出了故障也不能像汽车那样送进4S店。如果世界上存在高值易耗品的话，那就是"无用功"了吧。

在方向感这方面，我不得不提一下明明了。

明明是我的同学，人美心善有主见，智商情商学历高，最关键的是——有才情！明明好几年前就开始在网上连载小说。那是个言情故事爆发的时期，网络文学终于从繁荣走向泛滥，而有关部门尚未开始一场旷日持久的和谐运动。

虽然写作是一件很私人的事情，写得特立独行，只为自娱自乐，那自然不必关注读者的喜好，心中坦然即可。但若是希望自己的作品能被更多人阅读，自己的观点和想法能与更多人分享，写作时就必须变通地去考虑读者爱看的东西，迎合读者的口味，毕竟在这个世界上一炮而红的大作家是极少数。

明明试水的第一部正剧言情小说很快就被欢脱文的浪潮淹没，她很快看清形势调整思路，开始创作下一个故事。她在写作上是有天分的，又扣紧了读者的需求，所以第二部作品在连载时就受到网友的关注，成为一篇不错的红文。

很快，这部作品就在台湾出了繁体书，在内地出了简体书。往后几年，在言情小说这个体量篇小的出版市场里，她始终保持着每年一到两本的出版量，创作质量相当稳定，销量自不用多言。

每个读者都能看到明明文字里生动有趣的故事，却不知道她曾为此牺牲了多少空余时间，研究了多少热门文学，耗费了多少精力。因为明明其实是经济专业在读的研究生，课业与实习本就不轻松，写作仅是她业余为之。想想看，还有什么比在爱好上找到方向付诸努力并实现梦想更叫人振奋的呢？

明明的小说始终在按着她规划的方向去创作，从欢脱萌文、架空文，再到以史实为背景的正剧言情小说的写作，她一步步实现了最初的写作梦想。

她曾说："这么些年写作一直到今天，最开心的是终于可以写心里想写的故事，把我的历史观通过文字去传达给读者。"

而我呢，在业余写作这条路上显然走过无数条弯路，退稿的经历和被某些出版社坑过的血泪史，随便搜刮一下都够写个万把字的吐槽文，讲一讲那些曾经沧海难为水的码字日夜，还有那些在电脑里被宣布死亡的百万文字。我就这么折腾了三四年，明明都在研究微博转发赠书到底是来个五件套还是七件套的时候，我才找到了适合自己的写作方式。

人生的每一场努力，都不一定会有用，甚至还有副作用。要努力去做的事太多，但努力了就能做好的事也不是那么多。或许大多数人跟我一样，属于跟老天爷讨饭吃的那一类，免不了要交点学费。

不过话说回来，年轻的时候不交学费，我们又打算什么时候交呢？

我们没那么容易一下子就找准方向，也很难在天赋上拥有过人之处，所以我们总是低着头，撞到一堵墙，然后不停地换方向接着撞，直到练就一身铁头功，撞出一条自己的路来。因为通往未来的关键词太多了，人生与其浪费在低头玩手机上，不如逐一去尝试任何一个关键词的可能性，除了努力，还有坚持、勇敢、改变、妥协，甚至是失败……

忽然想起去云南出差前的那个夜晚，我开车拐错了路口，被迫在下个红绿灯掉头，竟发现另一条路也可以走。

我多幸运，上辈子是你的情人

我欢快地跳下公交，朝着站台的尽头跑去。

那辆老旧的摩托车一直在远处等我，听着发动机震天响的轰鸣，吹着旁晚马路上并不清新的风，我将头枕在前面那个挺拔的背上。

心想：我就想这样和你永远在一起。

他是我的爸爸。

据我妈说，我小时候没人带，所以很小就被送进了托儿所。那时候老爸所在的厂子还是国营企业，没有改制前厂里还有专门给职工孩子上的幼儿园。

虽然我从小就跟着老爸在厂里混，但是那些不肯让阿姨们带我去洗澡非粘着老爸之类的光荣事迹，什么跟着老爸混在男澡堂的休息室吃零食的惬意享受，我都很抱歉地不记得了……

不过，尽管时间一转眼就过去了二十多年，可每当老妈、老爸对此津津乐道，争相列举我年幼各种作死囧事的时候，我好像又十分肯定那些事都曾真实地发生过。

我搜罗脑中所有的记忆碎片，然后按我一如既往对老爸的依赖，按老爸对我一贯没边儿的宠爱，倒推出我幼时和老爸深厚的革命友谊简直是秒秒钟的事情！

老爸当过兵，有着敏捷而迅速的生活作风，也保持着一腔热血和激情。即便是退役很多年之后，他仍旧会在钓鱼岛问题闹得沸沸扬扬的时候，一脸忧心地拍着桌子说要上前线去扛枪。

你看，这个年近50、又高又瘦的男人，不管鬓角是不是冒出了白头发，还总是有着帅气的一面呢！

从小学到大学，我从每天坐在八零摩托车的前面听老爸唱着军歌送我上学，到坐在光阳摩托后面陪着老爸一起唱各种山寨的老歌，再到听着老爸的指挥挂档、踩油门学开车。截至目前的人生，近乎每一次"在路上"的时间我都有老爸的陪伴。

老爸不像老妈那样擅长言语表达，但人们都说陪伴是最长情的告白。如此看来，这个单眼皮的白羊座男人也是个高冷的腹黑吧！

高考那年，洁癖外带强迫症让我整个人都不好了。

不知道哪里来的压力，让我那根"好脏"的神经再也松不下来。只要一点点不如意，哪怕只是一支笔掉到了地上，我都会为此抓狂半天，直到反复将笔用水冲洗至我认为的"干净"程度。如果是一本书掉在地上，那么这本书的封面就绝无幸存的理由，"撕掉"是我唯一能让自己不再憎恶这本书的办法……

强迫症不仅让我备受折磨，也让老爸、老妈跟着陷入一种煎熬。他们必须小心翼翼地不碰我的床，不碰我的头发，不碰一切我认为是大忌的东西。因为我随时可能爆发的强迫症，就像不知道什么时候会爆炸的定时炸弹，伤害了自己，也伤害了最爱自己的人。

我每发一次脾气都会后悔，可下一次我又会控制不住自己。那种可怕到自己都憎恨自己的扭曲状态，那种连放声大哭都不能释放情绪的感觉，那种需要反复和身边人解释自己洁癖行为的尴尬，简直就像是天塌下来一般。

我那么开朗、欢跃的一个人，却偏偏被这种心理问题逼到死角，毫无还击的余地，只好眼睁睁地看着自己的内在防线一点点崩坏。

老妈甚至一度想带我去正规的心理咨询中心，我自己也阅读有关心理问题的文章，并向学校的心理老师求助。不过这种事若不是严重到要用药物才能缓解，说到底还是要靠自己。

记得那个夏天的深夜，窗外下着淅淅沥沥的雨，我埋在无尽的作业里，却再一次深陷进那种糟糕透顶的情绪。我猛地冲到阳台，整个人就那样淋在夜雨里，闭着眼大口喘气求生。

是老爸突然出现，然后一把将我拉进房间，将我紧紧搂住。他什么都没说，只是轻轻哭出了声音。那一刻我来不及抬头，便已心酸地缩在他的怀里骤然嚎啕，眼泪终于流了下来。

后来，我渐渐长大，也渐渐走出少时的心理阴影，但老爸的眼泪永远是我最珍贵的独家收藏。这个我从小仰望的硬汉，这个最爱我的男人，用最温柔的方式心疼我、保护我。他的怀抱，就算给我全世界，我也不换。

小时候，我们都会被老师要求写一篇《我的爸爸》，却不知道自己到底要写点儿什么。而现在，早已没有了命题作文的束缚，我却还是不知道要写点儿什么。

两者的区别是，从前没觉得有什么好写，如今是想说的太多无从下笔。大家都说：女儿是爸爸上辈子的情人。虽然说法有点老土，听起来还带一点点肉麻。

但我仍旧要讲：老爸，我多幸运，上辈子是你的情人！

我们后来也一样，
尽过全力，才可以接受失去

我想，平淡顺遂的生活才是对人最大的考验。因为当时间悄无声息地划过我们的生命，而我们却对此一无所知。

有一年我去西安，一眼瞥见小摊上名为埙的古老乐器，第一反应就是要买来送给歌神。后来我又去过一些地方，买过一些纪念品，却极少再像那次一样忽然带着无比的欣喜，为了特定的某个人而冒出那样的念想。

如果你的青春比不上别人

我不是一个经历过大苦大难的人。

在我存活至今的二十多年里，未曾经历生离死别的撕心裂肺；未曾在爱情里被人伤害得遍体鳞伤；未曾有不幸而凄苦的身世；未曾居无定所，流浪漂泊；未曾四面碰壁，食不果腹；也未曾放下一切，如同苦行僧般千万里穷游……

我不抽烟、不喝酒、不去夜店，没有谈过轰轰烈烈的爱情，没有经历过两肋插刀的江湖义气。此间种种，似乎没什么值得拿出来说的。

我看过许多的鸡汤文、励志文，大多是一番风雨过后，对生活有了新的解读，便热心而善意地以过来人的身份讲述对世间苦难的解读，对迷茫者好言相劝。

有人受不了世事倾轧，于是背包远行；有人不甘平凡，于是奋斗上位；有人抗不住寂寞，于是醉卧红尘……

他们有故事，有经历，有感悟；他们分享人生，分享感动，分享每一次喜悦与悲伤。文字里，他们是豁达的，乐观的，向上的；世界是多彩的也是痛苦的，人生是美好的也是挣扎的。

可我呢，似乎并没有什么波折和精彩可言。

之前我独自去北京旅游，与豆瓣认识的姑娘聊得颇为投缘，尤其是成长的境遇比较相近。我们聊起生活的无波无澜，聊起对帝都繁华的向往，聊起旁人文字里反复咀嚼的苦难，都觉得自身的平凡不足为外人道。

我们的文字，无法带着沉重深刻的味道，没有值得暗暗得瑟的不凡经历，有的只是琐碎小事里的温暖，有的只是感情里略带些矫情的感动，有的只是倾城日光下再寻常不过的小城人事。

于是我们越发困惑：是否，未哭长夜者，真的不足语人生？

我是不是一直活在别人的青春和故事里？我的青春是不是不如别人那样精彩，而是正在角落蒙尘，躲起来独自生气？

记得进大学的第一个平安夜，班长用班费买了苹果，然后跑到女生宿舍楼底发给大家。这是我平安夜收到的唯一的礼物，想来还有点心酸。在这个连清明节都能被情侣当作情人节来过的社会，单身狗到底活在怎样的世界里，也就不言而喻了。

平安夜那晚，我和隔壁宿舍的妹子跑到楼下小超市买了啤酒、鸡爪和花生米，然后齐齐盘腿坐在黑漆漆的篮球场上大喊干杯。从班级八卦聊到世界和平，从清醒自嘲到微醺傻乐。

越来越沉的夜色和即将到来的宿舍门禁时间都拦不住我们想要跟这个世界谈一谈的冲动。

少年滋味，总有脱离柴米油盐的轻狂气质。试问谁年少时不曾向往非凡的经历，不期待少女漫画里的爱情，或者不希望有一天可以征服银河系？

虽然我的学生时代过得并不精彩浓重，没有谈过什么恋爱，没有在宿舍偷偷煮个粥、吃个火锅，也没有醉得不省人事或者代表月亮消灭谁。但青春这东西不管是什么口味，总是弥足珍贵的。

浪漫和空想，天真与善良，构成少年意气，创作出的是一幅莫奈的《日出·印象》，虚化了世界原本的色彩，让朦胧和光晕烘托出青春的主题。连烦恼都很纯粹的年少时光里，不管岁末的夜多么寒意慑人，我们都能凭借对未来的畅想保持发烫的体温。

毕业后的某天，我加班加得丧心病狂，晚上下班时果断与一道加班的同事妹子去觅食，犒劳自己。我沉默着坐进的士里，看整座城市的霓虹流光倏然涌进来，脑子被放空。

此时我身边的同事停止摆弄手机，转而抱怨手机里的Windows系统是多么不好用。我问她："明知系统不怎么样，干吗还要买带这种系统的手机？"

她笑了起来，瞬间从女汉子变身为文艺小清新："因为它的名字是诺基亚啊。当时买，有一种情怀。"

她的话轻轻地叩击在我心上，叫我暗自感叹那个被戏称为从十几楼摔下来都不会坏的手机，永远留在了我们最恣肆狂妄的学生时代。随着诺基亚的惨淡谢幕，遗憾的是，我们那些在上课时偷偷发短信、周末打电话问作业答案的美好时光，再也回不去了。

于是我认真地闭上眼想一想那些在脑海里产生回响的事情，大多不是一场痛快的杀伐决断，也没有人来人往的热闹喧嚣，更不会有排场非凡的宏大画面。它时常以一种清淡的、幽微的、不可明言的姿态出现。

或许是一种令人心动的书香，是一道并不美味的小菜，是午后穿云而来的阳光，是不小心微微上扬的嘴角，是叫人能清晰感知却偏偏抓不住、说不清的喜悦。它们像一把把温柔的风刀撕开了回忆里沉闷的空气，让新鲜的疼痛充盈我的眼眶。

此时，曾经那些不甘平凡的想法忽然变得有些可笑起来。不知是网络铺天盖地的成功学扭曲了我们对生活的定义，还是泛滥的鸡汤文过滤了我们对自身的关注。

我们一直盯着别人看，真的很容易就忽略了对自身价值的挖掘。

苦难、受挫、失败……

一切消极因素，确实会成为人们加冕为王时手中必备的权杖，可并非所有人都经历着那些非凡的经历。我想，平淡顺遂的生活才是对人最大的考验。因为当时间悄无声息地划过我们的生命，而我们却对此一无所知，仍旧浑浑噩噩、得过且过时，很快地，那种被周围所有人抛在身后的失落和不知该往哪里走的恐惧，便会将我们的热情和勇气彻底湮没，会将世界的色彩染成单调枯燥的灰、白、黑。

迎战不公和苦难，就像人们的应激反应，是逆水行舟不进则退。而身处顺境，奔跑很可能变得无谓。于是人们需要更清醒的认知和更强大的力量去打败自己。

平凡之路，不才是所有不凡最终的归宿吗

我曾经跨过山和大海，也穿过人山人海

我曾经拥有着一切，转眼都飘散如烟

我曾经失落失望失掉所有方向

直到看见平凡才是唯一的答案

我们大可不必因为青春和人生不及旁人精彩而郁闷，也不必因为曾见过险峰巨浪而感到生命格外沉重。因为我们拼命挣破自身的枷锁打破平凡，去创造人生的荡气回肠，也是为了另一种更美好的平凡。

我们有圆滑世故的部分，是因成长而对世界做出妥协；我们有棱角分明的部分，是为坚持自己而划下的底线。我们对孤独与青春的顿悟仿佛是一瞬间完成的事情，就像我们时常以为长大也不过是一夜之间的改变。

走过的弯路无人会在意，失去的珍贵也只有自己心里澄明，心里的力量就这样慢慢积蓄，驱动我们前行去寻找更好的自己。

后来我渐渐明白，青春是不可以比较的，青春也不是用来比较的。青春与生活很多时候是一个人的事，是无关乎名利、金钱，应该一个人好好去享受，好好去感受的时光。我们不该忽视眼下拥有的小幸福，而共同缅怀那曾经失去或不曾拥有的人与事。

正如苏子有词云：雪沫乳花浮午盏，蓼茸蒿笋试春盘。人间有味是清欢。

有时也会来不及认真喜欢一个人

"你应该觉得骄傲，很多人想失恋也没有目标。"

一打开电脑上的音乐，就看到陈奕迅《你给我听好》里的这句歌词跑出来拉仇恨。世界上分分钟分手的人何其多，却独缺我一个。

作为一个无恋可失的人，看着别人晒痴情、晒伤心，怎能不心生惆怅，甚至还有点小嫉妒？扪心自问，我也不是想在脑门贴个"找男票"的标签，也不是终于厌倦单身的世界开始恨嫁。

只是有一种遗憾，一种可以矫情地被称为"来不及认真年轻"的遗憾——年轻时也会来不及认真喜欢一个人，仅此而已。

这人啊，即便有了目标也照样会出现想失恋而没得失的情况呢！比如我，也曾一度有了目标，却根本来不及恋，更别提什么失了……

年岁稍轻时没意识到，自己当初若不是太豪放，不是太张扬，不是太骄傲，不是太无所谓，那么某只天然呆还是能被攻略下来的吧！

老卡是我活了二十多年来见识过的最纯正的天然呆，总是蠢萌到让我不得不相信这个世界曾经也是那么的纯洁美好。

即便只是有人跟他打个招呼，他的反射弧也很可能会迟钝得超出常人。老卡的蠢萌含金量高达 99.99%。至于那剩下的 0.01%，主要是鉴于他能交到我这么个机智而敏锐的基友，能给他一点儿微弱的情商分。

老卡在奔赴英国求学前，他是每年大大小小同学聚会里大家最爱调戏的吉祥物。有一回他敬酒，被迫要对在场的每个姑娘说一句评价。见他磨磨蹭蹭地立在我们班脾气最直爽、火爆的姑娘小 C 面前时，大家脸上齐刷刷挂着看好戏的表情。

"嗯……那个 C 同学啊……"他举着酒杯，一本正经地开口，"以后要矜持。"

伴随着全场爆发出的一片起哄声，聚会也直接进入了高潮！

而对小 C 来说，"矜持"这两个字不仅成为了她所谓的"梦魇"，更是成为她见老卡几次就嘲笑老卡几次的首选词汇。直到好几年之后，老卡仍旧招架不住来自"矜持"小 C 的攻击，每次脸都红得像虾子。

有一年七夕，我把单身的小伙伴组织到一起开茶话会，大家欢乐地玩起了"谁是卧底"的游戏。

老卡只是因为异常无辜地说了句"我每天都要做的事"就把全场小伙伴的下巴都吓掉了。

因为他的词条是"滚床单"……

"你们干吗这样看着我？滚床单不是睡觉的意思吗？"

结果，小伙伴们凑到一起笑成了神经病。

"你们笑什么！我又没说错！"老卡无辜地看着我，眼神很惊恐，让人感觉萌萌哒！

"我每次要睡午觉，都跟人说我去滚床单了啊……"我保证，我是故意没跟他普及这个常识的。

天然呆的世界，还是自带定义更好吧！

后来不知怎么的，一来二去，他竟然跟我熟到了可以掏心掏肺，把那些压抑在他心底的花边新闻全吐出来的地步。什么小时候自以为人家小姑娘喜欢他，自以为哪个同学讨厌他，自以为我这个从小强悍的女汉子有着辉煌灿烂的情史……

我一激动，差点就把老卡那自作多情的黑暗史开题立项，作为一个重大课题来研究！

到底是什么时候我开始对这样天然呆的家伙有所期待了呢？我说不清了。可能正是这种与我自身气场完全背道而驰的存在，与我口味偏好基本不沾边的存在，成功令我这副"铁石心肠"软化，并让我觉得格外难能可贵的吧。

可惜，天然呆有三宝：ACG、女神、不知道。

当我和老卡的革命友情在动漫和网页游戏的世界里建立起来，当他对我细小的情感变化依旧一无所知的时候，我万万没想到情节出现了 180 度大逆转——

女神准时来了！

当老卡兴冲冲地在网上告诉我，他在小学同学聚会里发现了当年的青梅，当他喋喋不休地对我倾诉对女神欲罢不能的百转情肠，当他向我一日三省其身，向我请教攻略软妹的秘诀时，我真是一边苦心孤诣地与他围绕这场"情窦初开"展开测评，一边任凭脑中亿亿万万的泥马呼啸而过！

我当时真的有种自己辛辛苦苦施肥、浇水、种地，眼看着要丰收却意外被猪拱了的挫败感！我一直当生活是个喜剧，结果生活还真不客气地拿我当笑料！我一不小心就用实际行动完美诠释了"有目标也失不了恋"的情况。

然后就没有然后了。

呵呵呵呵……这时候，我要应景地笑两声捧个场，权当是为了这革命友谊天长地久。如今他一个人在遥远的雾都伦敦，总跟我抱怨课业忙得没有时间做饭，只能吃简单的白粥配薯片。

虽知道他过得并不轻松，可是听他说起白粥配薯片，这种诡异而带着中西结合意味的"黑暗料理"，仍让我隔着八个小时的时差，于凌晨的被窝里没来由地觉得心酸。

作为朋友，我还是会担心他。能否照顾好自己；能否按时三餐；而那里阴沉多云的天气是否会折磨他的身体；长久的孤独与繁重的学业又是否会消磨他纯粹而迟钝的心？

我还是会想着最好能开家深夜食堂，为他烹制每天都可以换花样的一人餐。作为他的挚友，我很乐意为他效劳。但这也不是免费服务，我必须得问他收一点小费，才能让他明白食物的珍贵，与我这份初心和友情的不可辜负。

他的味蕾会是敏感而诚实的，至少会比他慢三拍的天然呆性格更加好恶分明，更加讨喜。于是，他可以在食物里变得机智，而我也能在烹调中修炼自己。

如若现实允许，那才是人生难得的幸运。显然，这一切是不可能的。当初没能及时认真地攻略，所以只好现在认真地对待友谊。仔细想来，倒也不失为一种美丽。

如今，我常劝老卡尽快将女神攻下，未来让女神为他烹调美食，别将生活过成一种对肠胃的煎熬。我相信那样的食物，尤其经女神之手烹调出的食物，会让他觉得在那样一些没有星星的夜晚，他是被妥善照顾和保护起来的。

天然呆与友谊，就此两全，是上选。

这样多好，我的天然呆朋友。即便，我真的是浪费了一些时间，浪费了一些情绪，浪费了一些很玄妙的青春。

然而，梁文道说过：很多人说浪费青春不好，我觉得浪费才是青春的本质，青春必然要浪费。老人就不能浪费，像我们这种中年人真的要精打细算，年轻干吗不浪费？

也对，能让浪费成为一种美的，除了青春还有什么呢？我当时如果认真地去攻略了，失败的可能性极大不说，即便成功了，如此天涯海角两不相见就真的好吗？似乎还不如"来不及认真"选得率性坦荡。

所以未来，当我们老去，麻烦你将往事下酒，用回忆与我一同来场宿醉。尴尬有趣而略带温柔的往事，是最适宜用来互黑、用来佐酒下菜的。

微醺之后，我或许还会自黑得更彻底一点儿，比如——

你知道吗？我以前真的喜欢过你……

青春是一处遗址，我们都曾矫情地到此一游

"挤演唱会才真的感受到夏天有多热……"

"实时刷屏演唱会。"

"杰伦，我们爱你，好开森！"

"和你一起看周杰伦演唱会的 Ta 还在吗？"

2014 年周杰伦来我所在的城市开演唱会，毫无意外地，我的社交软件界面被一大堆图、一大堆视频、一大堆音频刷了屏。2015 年，周杰伦昆凌在英国约克郡塞尔比镇的同名教堂举行婚礼，我的社交软件又再次被各路八卦大神刷屏。

"周董娶的为什么不是我？"

"这不就是传说中的爱情童话吗！"

"说好的 Jolin 呢？"

"周董和昆凌结婚了，所以爱得深、爱得早，不如爱得巧。"

……

我本想很笨拙地回避这个话题，顺带回避内心小小的感慨。聊周杰伦，难道不会暴露自己的年龄吗？就不能聊 EXO 或者 TFBoys

以突显年轻态吗？答案似乎是，不能。

小伙伴们像是说好了一般，集体来刷存在感。其实我很想知道，零零后是否对周董当年红遍大江南北、几乎人人都会哼一句"哼哼哈兮，快使用双节棍"的时代有所了解？

不管别人如何，反正我和我的小伙伴都是从那个时代成长过来的，周董的每一张专辑都印刻着我们渺小而难忘的青春传奇。念书和音乐，成为我们中学年代不可或缺的一部分。

时空是短暂凝固的，音乐是永恒流动的，我们无法再回到十年前的青葱岁月里去重温彼时的爱和梦想，却依旧能从十年前的歌声里拾取时光留给我们的青春情怀。

我与周董的歌

记得，我听周董的歌时，他已经很红了，《七里香》正火。那年我初中，磁带还没退役，专辑买不起，网上可以随意下载歌曲。我第一次正儿八经地接触流行音乐，是在传说里兵荒马乱开始的年纪。

周董是歌神推荐给我的，他是坐我前排的兄弟，是我从初中起一直到现在的铁子。

歌神作为根正苗红的一枚好少年，长得略胖却天生有一把好嗓子，飙高音那是分分钟完爆我的耳膜。每当班里临时要找人唱个歌、取个乐，歌神总是被大家齐心协力地推上讲台，成为一台人肉点唱机。

那些年，我尚年少，还没有彻底进化成一个女汉子。

我问他：如果要用一首周董的歌来形容我，你觉得是哪一首？

他说：可爱女人。

我说：那有机会你要唱给我听。

他说：没问题。

2005 年，周董推出《十一月的萧邦》，其中的《发如雪》成为我们的最爱，长时间在我们的 MP3 里单曲循环。当时歌神学唱过这首歌，我一度对他那以假乱真的歌声崇拜不已。

2006 年中考，我和歌神考上了不同的学校。周董出了《依然范特西》，演了《满城尽带黄金甲》。这一年，我们曾为最好听的一首歌而争论，我喜欢《千里之外》，他钟情《菊花台》，谁都没办法说服谁，因为我们都固执地认为全世界都站在自己的一边。

高一的时候，我打电话给歌神，抱怨自己在新学校如何如何辛苦，压力如何如何大。

他说：欺负我没考上是吧，还能不能好好玩耍了？

我说：那你唱《千里之外》给我听吧。

他二话没说就开始在话筒那头清唱起来：我送你离开，千里之外，你无声黑白……

在他的歌声里，我早就哗哗地流起了眼泪，却仍嘴硬死撑：你唱得太煽情了，我适应不了。

他说：你再装！

的确，在歌神面前我不用装的，大家认识这么久，彼此有几斤几两还不清楚吗？至于哭完之后和歌神又聊了什么，我已经完全记不起来，只是往后每当听到这首歌的旋律响起，我就会自动脑补自己对着电话泪流满面的样子。

那真是画面太美，我不敢看……

男生和女生之前很少有纯友谊，即便是我和歌神之间有着如此扎实的根基。不过当时年少，学业繁重，很多事情不好说也不能说。

青春走到这里的时候，总是沉默又不语。

我不响，他也不响。

记得当时年纪小

你爱谈天我爱笑

有一回并肩坐在桃树下

风在林梢鸟儿在叫

我们不知怎样睡着了

梦里花落知多少

随着时光在门前那棵老槐树的枝头上慢慢拉长，当单纯的心动已被打磨成彼此的信任与心照不宣，我与歌神的友谊也终于成为可贵的地久天长。

记得有一年我去西安，穿过人潮拥挤的地下过道，一眼瞥见楼梯口的小摊上摆着一种名为埙的古老乐器，第一反应就是要买个回去送给歌神。

后来我又去过一些地方，买过一些纪念品，却极少再像那次一样会忽然带着无比的欣喜，为了特定的某个人而冒出那样的念想。

我们不干涉彼此的生活，也没有过多参与对方的人生，我们只是知道有那样一个朋友存在，永远也不用担心会失去，永远也不会答不上"和你一起听周杰伦的人还在吗？"这个问题。

我们最好的时光

曾经，大人们无法理解我们追捧周杰伦，就像今天我们无法理解一群脑残粉迷恋《小时代》是一样一样的。只是那些年微博还没被开发出来，"脑残粉"和"屌丝"也还没有出现在我们的视野中。我们接受信息的渠道极其有限，通讯也没有现在方便。那时连自拍都没有条件，更别提卖萌了。

后来，周董的国语说得越来越好，歌词也越唱越清楚，可那些新歌却再也无法达到更高的传唱度，也没法一再触动我们敏感的神经。

说到底，一群老友冲进 KTV，挑来挑去都是学生时代倒背如流的歌曲。新歌即便点了，也因为没有正儿八经学过，所以要开着原唱才能驾驭。

我们一边儿长情怀旧，一边儿被时光改变，而周董也开始演电影、拍电影，也开始为别人披上嫁衣，操办盛大、奢华的古堡婚礼，像个平凡的人一样成长、成熟。

而去看一场周董的演唱会，就像精神鸦片一般叫人亢奋，我们被周围强大的气场感染着，甚至热血沸腾，感觉到有一股能量在身体里横行，让自己瞬间朝气蓬勃，仿佛一下子年轻了十几、二十岁，被带回到了最美的时光。

当我们看着明星谢幕，当我们哑着嗓子走出体育馆，当我们怅然若失地蓦然回首，当那个青春偶像已成人父，我们终究要承认，那忽然已经过去大半的青春，正如不小心遗落了无数珍贵的浩瀚大海，再也不容许、再也来不及，让我们去找回错过的美丽。是谓，沧海遗珠。

无论大家平常表现得多么机智，多么不情愿承认青春的流逝，但只要一有机会，就都会用刷屏的方式证明曾经疯狂的自己，证明曾经拥有过的一切。如果说青春是一处遗址，那么我们都曾矫情地到此一游。

青春正好的时候，我们曾不畏惧失去，不畏惧挫折，不畏惧孤独，但总有一些事物，代表了不可更改也无从忘怀的过去，而时间正在很自觉地把我们身边的人一个个筛选掉。

人越来越少，留下的越来越重要。时光终将赢得巨大的胜利，而我们也选择去成长，正视失去，如同经历了漫长花期的石榴花朵，渐渐卸下满树的灿烂，准备迎接果实的到来。

歌神之于我，已然是亲人一样的存在，不用担心会被他嫌弃，跟他说话也不用小心翼翼地措辞，害怕被看出内心的脆弱和犹疑。看着彼此各自走过荒唐疯狂的青春，我们也难免被生活的琐屑骚扰。我听他说辉煌的恋爱史，他听我说最近忙到作死。他说天天加班没自由，我说被逼着相亲的日子也不好过。就这样，我们没有说好，却默契地称兄道弟，在关键时刻江湖救急。

我们都像一开始就知道的那样，长大了。

青春你好，少年再见。

一代人的成长，意味着一个疯狂的时代最终落幕。

我们不再满是浪漫和感性，我们慢慢变得克制和理性，而一场周董的演唱会之所以依旧能座无虚席，是因为我们需要一个集体怀旧的情绪，重拾那些年无所顾忌的记忆，去发现当年就已陪在身边、一直没有走远的人。

是谁让你拥有如此气概，拒绝重返地球

小绿今夜大概又要失眠，谁让她手一贱，点开了女神的微博。

那不是小绿的女神，是阿然的，还是阿然口中怦然心动、念念不忘的那种。

女神最新的微博是 9 月 27 日发的，上面说手机坏了，让大家推荐靠谱的品牌。

阿然轻松留了言：手机已经放弃治疗了？

倒不是阿然的留言有多么高的水准，也不是女神的微博暗藏着什么玄机，只是阿然平时不常玩微博，甚至未曾在小绿活跃的主页上露过脸，却在女神的每一条微博下都留了言……

有对比，有参照，才知道天壤之别到底有几个意思。很多故事都是在朦胧暧昧的信息不对称里开始的，比如"山有木兮木有枝，心悦君兮君不知"这类。不过小绿和阿然是个例外，小绿喜欢阿然这件事，阿然是知道的。

这个智商有余情商不足，还自带一点儿呆萌属性的男生，在婉拒了小绿的告白之后，和小绿一直保持着良好的友谊。

阿然心眼实在，为人天真，慢热，以为开诚布公把话说明白，就能化解心结，以免失去一个好朋友。而小绿素来开朗乐天，有着女汉子的机灵和大气，潇潇洒洒就把"放得下"的姿态给做足了。

简单来说，告白这件事被默契地翻篇儿了。

有一回我问："你到底喜欢他什么？"

小绿脸冒傻气地回答："我就喜欢他傻傻笨笨、后知后觉的样子。"

我："原来你喜欢和慢半拍的异次元对话……"

小绿一脸无谓："你不觉得跑到火星去定居很有意思吗？"

我冷汗："他发个消息隔半天，结果你秒回，想想也是蛮拼的。"

小绿瞥我一眼："你醉了，再见！"

平日不见面，两个各自单身的人在同一座城市，烦时吐吐苦水，开心时分享喜悦，聊天时也能没心没肺地互黑。生活也就因为这些被小绿细细收藏起来的单恋装点得没有那么单调、无趣了。

此时，聪明理智的小绿，竟也总在言谈间呈现出一种暧昧的状态：如果真如阿然吐槽的那般，他不可能把女神追到手的话，长久的相处和彼此的了解或许会增加和阿然在一起的概率吧……

孤独相伴里稀松平常的交情，是捂不暖的情丝，是无法织布成网的细细红线。

只要不是钻石做的湖面，就总有被石子打破平静的一天。

有一天，我才挤下公交车，手机便响了起来："喂，什么事？我刚下公交——"

小绿在电话那头好气地笑了一声，满是自嘲："哈——我刚看他更新状态，才知道他回来了。"

我一头雾水："谁？"

小绿叹了口气，像是在努力使自己平静下来："除了阿然，还能有谁？"

我："回来就回来呗。"

小绿脾气上来了："可他根本没有告诉我，我之前一点儿都不知道！"

"他有必要告诉你吗？你又不是他妈——"我懒得与她那些小情绪作斗争，直截了当地又甩了句，"你们也就是比点赞之交再好一点的关系，他没必要什么都提前告诉你的。"

小绿略一沉默，恹恹地敷衍了我两句就挂了线。没多久我便收到她的微信，她说她在刷微博时看到一句话：有一种无奈叫作，你的世界发生了什么我都知道，但都与我无关。

我回：你发这条微信给我是几个意思？有本事发给阿然去。

她：你应该体谅我。

我：好自为之。

如果说恋爱中的人死于心碎，那么单恋中的人一定是死于情商过期综合症。

单恋，是一个人的地老天荒，是我对你好，不计较回报；是倘若不能成为你心中膜拜的白莲花，那么就做你身旁的一株勿忘我；是等你习惯我的存在，等到你不愿意失去我陪在你身边的美好。

于是，单恋中的人总是带着英勇的气概，越难越爱，越爱越痴，忘记了如何作出判断，一味地将情商抛开。然而，拿一颗红豆换整个宇宙，赢面实在太小了。

听起来单恋因其默默付出和个中酸楚时常变幻出美得不可方物的动人色彩，其实到头来大多是一个人自导自演，悲喜自知，如一场隐秘的黑夜骤雨。

我大学时单恋过一个特别有风度的学长，不知道他已有女友时也曾脑残地凑过去套近乎，企图打动学长的"芳心"。只不过学长情商高我一个等级，让我分分钟明白了自己没戏。

故事是这样的：

学长之前有张奖状我代领了，他来找我拿。我接到电话就兴冲冲地拿着奖状跑到宿舍门口，谁知抬眼就看到玉树临风的学长带着一位如花似玉的学嫂乐呵呵地朝我挥手，真是让我不想当背景都不行了……

最高端的是，为了感谢我代领奖状这么一件芝麻绿豆大的小事儿，学长和学嫂特地给我买了一大杯大果粒酸奶！

太客气，客气到让我感觉有点儿不好意思，甚至有种以后再也无法直视学长的认知……

所谓吃人嘴短，拿人手软，我怎么好意思再有非分之想呢！我不但一颗红心没受打击，还欢欢喜喜地把酸奶吃完了，完全被学长的情商力征服！

阿然与学长之间，差了一个情商的世界，所以小绿没我当初这么容易全身而退。她跟阿然之间是一场单人拉锯战，是她举着一朵花瓣撕不完的玫瑰，独自玩着"喜欢"还是"不喜欢"的选择游戏。其实这样只会徒添烦恼，但时候不到，感情就没那么容易 Say Goodbye。

晚上，小绿又打电话来："你现在是不是觉得我特弱智，特鄙视我？"

我笑言："我哪敢啊，你只是成功定居在了火星而已。"

小绿愤愤："不冷嘲热讽会死吗？"

我："如果你不给我发那条矫情的微信，我可能会把那些话咽回去。"

小绿郁闷道："其实，我刚手贱点了他女神的微博，猛然发现自己好傻。他就算追不到女神，也不会跟我在一起，因为他根本对我没有感觉啊——"

我换了个舒服的姿势接电话："恭喜你，成功登上重返地球的航班。"

小绿叹了口气："人生如此忧伤，我跟他之间，仿佛连朋友这样的关系都是我一个人在辛苦维系。小白，你告诉我，我怎么会喜欢这么个迟钝的人？"

"对不起，您呼叫的情商不在服务区。"

"我再也不主动联系他了！"小绿信誓旦旦道。

"我打赌你做不到。"

"你小看我！我要跟你赌五毛钱的！"

我一记白眼隔空甩去："出息！"

　　小绿终于清楚，她与阿然不会有结果，可真要她彻底放下这段感情，她又狠不了心。或许，重返地球的航班不会那么快着陆，甚至会返回火星再检修两次。但等到她对阿然的感情可以退回友情的安全线内，等到她努力找回自我重新出发，阿然就可以正式在她的世界翻篇儿了。

　　我们一生会用各种方式去爱一个人，有时候发力不足，有时候却用力过猛，其中，单恋是一个人的地久天长，是凭一份孤勇横冲直撞，不怕受伤，不停受伤。我们往往可以感动一个不爱我们的人，却始终不能住进那个人的心里。因为不爱，就是最无辜、最有力的理由，也最让人无言以对。

　　所以，我们只能在不断的尝试中调整爱的分量，趁着短暂的清醒，该告别的告别，该舍去的舍去，对自己负责，才会爱得值得。

别把素面朝天当作天真无邪

有一天早晨我在站台等公交时看到一个帅哥，是那种头发比毛寸长一点，额头全露都让我觉得帅的类型。我的雷达一扫而过，翻译成两个字——俊朗！

帅哥穿黑白红相间的 NB 鞋，深色长裤，黑色皮夹克，背黑色的双肩包，站在公交站台另一端等车，完全不知道有个花痴正不停地把目光瞥过去。

好想去要个电话号码！

这个念头，在我脑中一闪而过，继而消失在无尽的脑洞里。理智又一次战胜情感，娇羞又一次打败豪放！对于我这种羞耻心还有待提高的人而言，也就只能抬头望着初升的太阳感叹：今晚的月色好美啊……

只是因为在人群中多看了他两眼，我上班迟到了 1 分钟，差点哭晕在打卡机旁边……

早知道要迟到，我就一次看个够了！

前一秒我还在为自己又放走了一枚艳遇而生出淡淡忧伤，后一秒就从电梯门上的反光里看到了自己的模样——

　　我顶着一张没被 PS 过的素颜，而且还是连 BB 霜都没涂的那种。身上低幼地背着一个带有猫耳、猫尾巴的蠢萌书包，穿一件灰黑色粗呢旧大衣，围一条足以把脑袋埋进去的拼色针织围巾，整个人的气场简直 Low 到了尘埃里。幸好幸好，我没用这个造型冲到帅气小哥面前。

　　后来，素颜出门这件事被我强制加入了黑名单。再懒，粉底、隔离、防晒一个都不能少。倒不是真的为了遇上谁，只是看到自己略显粗糙的模样，实在太糟心了。哪个女人不爱漂亮，哪个女人不希望自己整天美美的？不然韩国整容怎么风靡全世界？如果大家都不爱美，整容医生都要喝西北风去了。

　　新公司与我同一批的新人阿媛跟我年纪相仿，她身材高挑、瘦削，向来素面朝天，肤色有些偏黄，戴一副红色金属边框的眼镜，打扮中规中矩。她为人偏文静，开会也是静静地不发表自己想法的那种类型，与我这样有什么说什么的性格大相径庭。她只待跟人混得有些熟了才会打开话匣子。

　　那日，办公室的女同事在讨论哪个牌子的气垫 BB 霜更好推开，更能提亮肤色。同事说阿媛适合走森女系的路线，建议她换换风格，平时好歹也化化淡妆。

　　同事指着我说："你看看小白，她还涂了口红，更别说底妆了。"

　　这种话我该怎么接？所以我只好呵呵呵笑着说："是啊是啊，我不上妆，都不敢出门。"

阿媛反问："BB 霜之类真的有用吗？我觉得肯定会堵塞毛孔，所以我买了也没用。"

全办公室惊呼 ORZ，仿似发现新大陆一样开始讨论阿媛这类近乎护肤黑洞的想法。办公室里其他女同事在这点上达成了惊人的一致。女人其实很少能在什么事情上达成一致，但在"面子"问题上，总有个例外。

试问谁不爱美呢？大家认为与其让皮肤暴露在充斥着日光紫外线、电脑辐射、汽车尾气的空气当中，还不如做好皮肤的基础防护，回家再好好做清洁和保养。不过话说回来，化妆品、护肤品里的某些成分确实会对皮肤产生一定的损伤，尤其是劣质产品，所以"保持素颜"也成了一种无奈之举。

最后，在办公室近乎洗脑的讨论中，阿媛也没能坚定立场，决定把箱底的货重新找出来用上。本来嘛，若没有百毒不侵的绝世好皮肤，当遇到青春痘围剿、毛孔渐渐粗大、黑眼圈层层加深、额头油光锃亮等问题时，这样的素颜又是闹哪样？脸到底还要不要了？

对于固执追求素颜的女人，我只能表示尊重，无法给予理解。但我常对妆容得体的女人产生好感，因为赏心悦目的同时，她们有种精致的气场，很微妙。诚然，外在包装很重要，内在气质也不可掉以轻心。再挑剔的颜控女，要是碰上帅炸天的渣男，也不会上赶着贴过去。

我的前同事小虚曾这么开玩笑："小白，我这个人是很挑的，只想跟长得好看的人交朋友，所以活得有点浮夸，你说我该怎么办？"

我摇头："人丑还颜控这种病，治不好的，你放弃治疗吧。"

"你懂我……"她捧着脸直爽爽地笑起来，连刚刚及肩的整齐发梢都雀跃着表示我的吐槽很到位。

小虚觉得自己长什么样儿是无法时时刻刻看到的，可身边的人长什么样儿倒是挤挤攘攘地往双眼里塞，说不在乎都是嘴硬。女人天生是在乎一张脸的，无论是自己的还是别人的，不然也不会有满大街拉双眼皮、垫鼻子、开眼角的美眉了。既然对自己的脸都这么挑剔，那么对别人稍微挑剔一下，也不是不可以。

不过末了，小虚又补充一句："要是个空花瓶，养养眼就算了，别给圈子招黑洞，我这个人是还要脸的。"

古语言：相由心生。挑脸，也是在挑心。要脸，也是在要心。女人的美丽，不是靠着对素颜近乎固执的追求而来，要靠精心勤快的打理。一支大牌的口红，一双不菲的高跟鞋，一条有质感的连衣裙，一只狠心买下来的包包……

凭借自己的能力，积攒我们的品味、我们的气质、我们的阅历，一点点改变，直到这些物质都开始够不上我们活出的精致。女人的美丽，往字面意思上看，就是五官比例正好，妆容得当，符合社会潮流、人们对长相外表的基本期待。跳开字面意思去看，可以包括人的气质内涵，举手投足、修养风度等所产生的魅力和吸引力。

美的由内而外和由表及里，是辩证且相对的，缺一不可。毕淑敏在新书里说的那句话我也深有体会：磨砺内心比油饰外表要难得多，犹如水晶与玻璃的区别。

人面桃花倾国倾城，虽敌不过时间这把刀，人心的修行却能让美丽摆脱时效性，从易碎的玻璃变成坚硬的水晶。正如此前热播的《花千骨》里有一段画骨师徒下山历练的桥段。

师父白子画说：什么都不懂的清明境界和堪破一切的清明境界相比较的话，毕竟是太过简单和不堪一击了。

比起曾经素颜朝天、天真无邪的自己，我们也终将更爱那个观照过人间冷暖、内心丰盈滋润的自我。不管是经历过人生的风波恶、欢情薄，还是享受着生活里清风徐来的小确幸，都依旧沉得住气，保持骄傲的生活姿态。

正如杜拉斯《情人》里经典的那句对白：比起你年轻时的美丽，我更爱你现在饱受摧残的容颜。

你的婚礼，是我矫情的契机

2015 年青年节这天，虽然我的扁桃体十分不争气地发起了炎症，可脑子里临时有很多情绪，所以夜里忽然想写写你——那些年和这些年都风光无限的主席先生。

因为你现在是一个漂亮女人的丈夫，也将成为一个萌娃的父亲。至今我都难以想象，参加的第一个同学婚礼会是你的。

翻到我们最初搭档主持的合照，主持的什么晚会我已然记不得，但穿着笔挺西装的你和穿着杏色及地礼服的我，正当是最爱装深沉、装老练的年纪。所以我记得你的领带差点打成死结，而我的妆又夸张、又拙劣。

如果你看到那几张合照，估计会和我一样，恨不得查无此人，阅后即焚。

写这些可能有点矫情，或者说十分矫情。但不写下来，又觉得光出个份子钱，可能会将这份友谊看得太轻。很多话，来不及对你说，以后也不会说了，所以全写在这里，当成友谊的纪念品，赠给你。

你是白羊座，很有活力，长得算是超出差强人意的及格线有一段距离。

我仔细想了想，应该是眼睛花哨了，故而命里桃花无尽意。

你我初识，是大一。

大学校园里，同班同级，你当班长我是团支书的老套交集。我跟你去教务处领同学们要用的听力耳机，一路上表现得还算客气。

我积极开发话题，从你来自哪里，什么星座，聊到学生会的招新，还有对大学生活的憧憬。你也热情地参与了进来，倒也是自来熟的性格。

开学有很多琐事，班级工作也不好处理。于是为了方便沟通，我们一起去开通了校内短号，你领到各种通知就第一时间让我飞信全体同学，配合越来越有默契。

还是大一新生那会儿，我跟你的交流最多，班级工作中遇到的问题，各自混进学生会后的烦恼，当然还有参加各种比赛想出风头的野心。我们都会彼此吐槽、探讨，然后又满血状态地投入进去。

众人以为我是女汉子，你说："不，他们错了。小白你是真汉子！"

我皮笑肉不笑的反击："不敢当不敢当，只是刚好跟你互补而已。"

谁想你非但不恼，还配合地翘起兰花指，开口就是一句："爱恨就在一瞬间……"

自此，我决定再不跟你拼演技。

就这样，你有你的个性，我也有我的脾气。若说我们是不搭调的对手，争着要在学生会盖过谁的风头，那真是高估了彼此的心气；要说我们做点事儿靠谱，合作无间，倒也未必。总之，你若跟我较劲，我便奉陪到底；我要给你泼冷水，你也别想一直待在飘飘然的状态里。

记得有一次班会，你丝毫不跟我商量就塞进来一堆事儿。我怎么忍得了你"圣心独裁"的坏习惯，更别提你把我看作是临时工，需要随叫随到的那种理所当然。我在晚自习上甩你一脸白眼，毫不客气地拉开了冷战的序幕。

你大约是被我的反应惊到，未料素来好说话的小白也有大发脾气的时候。晚上，宿舍门禁前，你拨过来的电话打破了我们寝室里即将入眠的安静气氛。

我没好气地张口就说："喂，又怎么了？"

你："我在女生宿舍楼下，你出来一下。"

我从上铺爬下来，在睡衣外面裹件校服，踩着拖鞋慢悠悠地下楼。你站在门口没法朝我挥手，因为手里拎着的奶茶玉米刚好是我宿舍全部姑娘的分量。

你为班会上的事向我道歉，说："小小心意，请团支书笑纳，莫要生气。"

我手一伸，把 U 盘递到你面前："班长大人，你要的东西全在这里。"

你又神气起来："好感动！早知道这样，我奶茶都多买了。"

我好笑瞪眼，拎着奶茶玉米掉头走人，留下句："谁知道里面有没有病毒，你自求多福吧！"

宿舍姑娘们为天上掉下来的夜宵开启了小型茶话会，纷纷揣测你这么做的用意。她们问我跟你到底是什么关系。我呵呵笑了，啃着玉米说我们是不打架就阿弥陀佛的关系。

有的时候，我看不惯你一身世故老成，大概你也不屑我惯有的矫情作死，反正我记得和你搭档主持各种晚会时你的关照；也记得在宿舍楼对面的小饭馆里，你对我鸡蛋番茄盖浇饭吃法的嘲笑；还有我们组织班级活动，搞得全班同学来不及回学校，大家彻夜坐在麦当劳的窘迫……

可能有些小事你都不记得了，可我偏偏是个不敢忘的人，很多事记住了就挥之不去。

熬过大一的碰碰撞撞，吃过了亏受过了委屈，慢慢地，我们也纷纷混得"风生水起"。

大二，你在学院的学生会露头露脸，我在舞台上主持、朗诵、演话剧。那时你有漂亮的学妹做女友，我也还未正式失去那个往后叫我念念不忘的所谓知己。

虽说别人家的班长和团支书难免来点言情桥段，但我们刚好就是例外。我们适合吐槽互黑，独独不适合演琼瑶剧。

你在班级聚餐上喝到趴在路边，我有把你架回男生宿舍的义气，也有事后嘲笑你酒品的恶趣味。

我在参加比赛时需要帮手，你要么给我站台打气，要么带着宿舍的兄弟来捧场，然后跑进后台二话不说地塞给我一瓶雪碧。

或许也不是雪碧，我只是有点记不清了。

为了感谢你帮我比赛，《盗梦空间》上映的时候，我们组团去刷智商，讨论莱昂纳多演的柯布，最后是重回现实还是留在了梦里。

你说："那个用来分辨现实和梦境的陀螺最好不要停下，导演拍个第二部，咱们再一起来刷。"

我点点头，问："下次应该轮到你请我看了吧？"

你当即表示："那还是算了。"

大三来得很快，你也终于不负众望走上学生时代的巅峰——学生会主席。

你要是敢问我羡不羡慕、嫉不嫉妒，我就敢大言不惭地说，那个位子其实是我让给你的。这样，我才可以专心地经营剧社，参加各种比赛，写网文，被安上"学霸"这种其实根本没有存在于我身上的东西。

我多么不安分，你是晓得的。

以你的能力撑起主席头衔绰绰有余，我自然也清楚。不过我还是对你说：主席先生，路不好走，人不好得罪，切记夹着尾巴做人。

你反而笑呵呵地问我，说好要老子天下第一的灵气都跑去了哪里。

就知道，你即便假模假样做了什么主席，也改不了一身的不正经。

自打当了主席，你妥妥地追到隔壁系的"白富美"，化身人人艳羡的神仙眷侣。我则悄悄失去了曾经最信任的那个人，只好让自己沉浸在单身考研狗的世界里。反正，你有了很多交心的朋友，我也就懒得理你。偶尔知道你还在呼风唤雨，摧残新入学的学妹、学弟，我仍是鼓掌暗喜。

转眼大四，毕业在即。

你若还有什么不如意，那必定是对未来的不确定，和对未知世界的巨大好奇。我很早就猜，你肯定要到更远的地方去看看。只是没想到，毕业尚未开启，你就与白富美诉了别离，说要出国去了。

我以为这是你要疗情伤找的借口，你却说一切早已经过深思熟虑。一毕业，你就真的飞去那个遥远的国度，去看了太平洋上的太阳旗。

是因为万物生长靠太阳吗？好吧，这是个冷笑话。

记得毕业那年上映了《一代宗师》，我们跑去看。

我不确定那天是不是下了雨，确定的是猫眼还没有被开发出来，我们没有买到好的座位。更确定的是，我们一致认可了章子怡的演技，大赞了电影画面的质感，然后吐槽了情节不紧凑和故事主线的偏离。

晚上，我们在麦当劳吃着草莓新地。地下通道的行人越来越少，气氛越来越让人受不了。原来毕业似乎没有那么遥遥无期，考研失利也不值一提。我忽然感觉到毕业就像是青春被打上了保质期，可以清晰地算出什么时候我们不能再尽情地食用这道美味了。

我竟然开始担心，随着空间和时间的推移，未来我们会彼此失去。

为什么不能没心没肺地继续相互拆台？

为什么我和你，会有可贵的默契和友谊？

为什么感觉江湖还未闯荡，我们就要匆匆分离？

遗憾啊，我那些积攒下的豪情万丈，还尚未发动"拔刀相助"的绝技呢，你就急着说了谢谢你。

咸泡饭和刀削面还在这座城市的小饭店里飘着香气，麻辣烫和鸡蛋灌饼依旧是校园里不败的美味传奇，而我们，终究是各奔了东西。

我没有与你告别，就像交你这个朋友，也没人喊预备开始一样。哭成狗的段子全靠脑补，绝不会出现在你我的生活里。

巨大的行李，居然塞不进学生时代的各种回忆。

记得毕业后，有一次你路过我所在的城市，来不及见面。你在电话里面说："下次来，一定聚一聚。"

我玩笑着说："你日理万机，哪还有给我的档期。"

后来，我以为你是要去保护钓鱼岛，结果你居然在岛国玩起了代购，誓要振兴亚洲经济。

后来，我以为你在厦门守着宝岛，结果你居然在鼓浪屿凹起造型，名片上印着销售经理的字样。

后来，我以为你回家乡拉动 GDP，结果你居然一个电话打过来说，四月底有你的婚礼！

天了噜！万万没想到这群不安分的少年里，最先靠岸的人竟然是你！

我请了两天假，坐了三个小时的大巴，穿过半个省份，去喝喜酒，完成一场久别重逢。没料到你变成了一个圆润的胖子，居然只记得幸福满溢，忘记了保持形体！

不过没关系，我会记得你瘦过的样子。

你有一场盛大气派的婚礼，拍了很装、很煽情的 MV。没有了唯恐天下不乱的少年意气，多了点儿成熟、内敛的气质，不失为一出好戏。王家卫已离你远去，闹腾的宝莱坞或许更适合现在的你。我没有机会与你叙旧，整场婚礼你都在忙前忙后，一桌桌敬着酒。

喜宴结束，你料到我们这群大学校友意犹未尽，或者料到自己人的狂欢还要继续。你和你的小娇妻站在送宾客的门口，拦住我们每个人说：“待会儿啤酒烧烤，不准不去！”

啤酒烧烤很棒，可惜你因第二天的行程，遗憾不能在席。你也就看不到一群人因为你的婚礼聚到一起，弹琴、唱歌、撸串到凌晨，是多么酣畅淋漓的场景。也不会知道，小龙虾和大草莓，都能让我们吃得乐此不疲。

学长拿起吉他唱《夜空中最亮的星》和《春天里》，引得对面楼上的哥们儿为点一首歌，愿意出二十块人民币。

我们大笑着起哄，学长则抱着吉他大声喊：“大哥，我们不卖的。”

有没有人告诉你，这一刻，仿佛全世界都涌进了这个夜晚？你婚礼的这个夜晚，有我们集体致青春的傲娇气息。

似乎再也没有任何遗憾，这个热闹的夜晚，化解了我不愿意割舍过去的情绪。

我吹着春夜的冷风，打了个颤，明白有些人之所以如此重要，是因为他们陪我走过的那段青春，太珍稀了……

2015 年，《一代宗师 3D 版》上映。我找不到小伙伴同行，于是只好一个人买票，隆重地去装文艺。看完后，我对电影感触很多，竟忘了告诉你。

世界变化那么快，没想到汪峰娶了章子怡，谢霆锋和王菲又在一起……

主席先生，你终究只是陪我走过一段路的人啊。再有趣的青春记忆也抵不过我们各自出发、渐行渐远的人生轨迹。

不知道是不是有那么一天，我们的友谊会成为时间沙漠里风化的石碑字迹，最后只留下"龙门飞甲"四个字以供纪念，留下无用的玄机。

所以啊，主席先生！有空请带着你的小娇妻，来我的城市玩耍。我还是从前的那个小白，企图童颜永驻所以对时间显得格外小气。我一厢情愿地延长着我少年时代的所有记忆，想要一直保持青春的姿态。有时也会靠在废弃的站台旁，对路过的漂亮男生练习吹口哨，以便吸引他们注意。

所以啊，主席先生！见到漂亮的男孩子，自己享用不了的话，记得放到我碗里。当然，过程也不要表现得太刻意，毕竟，我也是自认为可爱的女孩子呀。

当然，请不要在朋友圈与你的小娇妻秀恩爱。我知道刷屏不是你的做派，但不怕一万就怕万一。

花式虐狗太不人道，切记。

对了，有件事一定要提：下次见到你，如果你带着你家刚出生的 Baby，务必要教 Baby 喊我小白，而不是 Aunty！同龄人之间，没那么多虚礼。

主席先生，新婚快乐！也谢谢你的婚礼，给了我一次矫情的契机。

小白

2015 年 5 月 4 日夜

你是我的路，
我走一万年也不嫌长

在那些曾经里，张继桐也挣扎过、颓废过、消沉过，甚至绝望过。但到底他是个不安分并且要强的人，也必定在继续追寻着自己真正想要的生活这条路上，绝不放弃妥协。

他们并肩走在不时飘落秋叶的校园小路上，如两个各自隐匿江湖的对手，再次相见都已参破了世上的爱恨情仇。于是他们口中的那些从前，都似是别人的从前了。

我的学长张继桐·前篇

每个一猛子扎进天朝的心脏城市开始搏杀的人，是否注定要颠沛流离，把无畏熬成无所畏？那个叫梦想的你，今天还好吗？

01

大三那年，我披头散发地走出宿舍去食堂打饭。

那天，天气好到宿舍楼的窗台上晒满了花花绿绿的被子，空气中都仿佛散发出一种螨虫被炙烤过的愉快气息。

我看到一坨眼熟的黑影出现在路边，于是逆着光弯下腰去打量个究竟。

一口大白牙就那样突兀地闯进我的视线："这不是小白吗，一年不见，痘痘又见长啊！"

"哟，您老倒还是一点儿没长个儿，依旧鹤发童颜。"我恨不得一脚揣上去。

"我就知道你一直嫉妒我青春永驻，也罢，回头传一套葵花宝典给你。"

"滚！"

这就是我的学长张继桐。

学长大我两届，穿上鞋身高也不知道能不能够到根号三。他天津人，到南方的大学念书，计算机专业。没毕业之前，他就从南方千里迢迢地去帝都实习、参加培训。毕了业，他就直接留在帝都发展，再没回来。

我们大多时候是在网上联系——

我：学长啊，在帝都，苟富贵勿相忘。

他：小白啊，等我发达了，你就过来帮我，我一定带你张狂带你飞。

我：太仗义！

他：不发工资行吗？

我：再见！

好久不贱，鸡血过剩；回想过去种种，居然激起我的昂扬斗志。

我立在宿舍门口跟他开始扯皮："怎么从北京死回来了？"

"我这儿还没毕业呢，怎么就不能回来？"他得瑟地笑着，"你也知道，老师都太喜欢我，舍不得我走。"

"大哥，你当我傻啊，是不是论文没过？"

他风轻云淡地开口："是四级。"

"我佛慈悲！哈哈哈哈哈！"一贱之仇得报，我笑起来简直有种天崩地裂的气势，"你也有今天！"

他故作深沉略一颔首，不慌不忙地拍拍我的肩膀："我其实是故意不过的，这样方便找借口回来看看你们这群崽子过得好不好。可惜物价飞涨，作弊越来越难，眼看你们过得不好，我也就放心了。"

"哎妈，北京的雾霾怎么没有把你弄死！"

02

大三这一见，张继桐已经不是我认识的那个在学校各个社团上蹿下跳、从不收心的学长了。

他颇有些正经、甚至意气风发地对我说："以前在学校，我最讨厌上专业课，一点儿兴趣都没有。工作了之后才发现，我还是最喜欢敲代码，没想到转了个大圈儿我又回来了。"

当时我就想，一个人能找到自己喜欢的事情并使之成为职业，那简直棒呆！

在接下来的两年，我再没见过张继桐。

他回了北京，一猛子扎进天朝心脏城市的搏杀里。可帝都虽大却时常叫人觉得，哪怕只是挤进一个人的梦想都会让它显得更拥挤。我们可以带着温柔的目光欣赏这座城市的古老与韵味，却永远无法温柔地对待这座城市里，一场场梦想与生存的无情厮杀。

工作半年左右，张继桐与几个志同道合的小伙伴合开了一家计算机培训班，他更是辞了工作四处发传单贴广告招生，一心要大干一场。

凭着之前工作积累下来的一点点积蓄，培训班虽然是野路子，但好歹是撑过了最初最艰难的空白期，开始有了起色。招到好几个学员之后，他投入到对学生的计算机基础培训当中，无比享受那种充实且干劲十足的生活节奏。

然而节奏这种东西就像自行车的轮胎，气门芯一拔就没了底气。与张继桐一道创业的小伙伴中，唯一拥有教师资格的那个兄弟，说甩手不干就甩手不干了，杀了张继桐一个措手不及！

没有了开班的资格，培训班哪里办得下去？于是，张继桐去求那个小伙伴，也顾不得什么面子不面子。总之是反复拜托求劝，才终于争取到时间，让第一批学员接受完全部的培训才散伙儿。

张继桐后来几度辗转，没有再创业，而是依照自己的兴趣当了一枚网络工程师，主要负责构架和维护公司的电商平台。他每天要转一次地铁，再坐昌平线去上班，顺便用地铁上零散的时间读《明朝那些事儿》。

月薪过万，在我这个收入离个人所得税缴纳标准还差一大截的人眼里已是人生赢家，拉起的仇恨早就不是一点点。

更何况，他有一枚非常简单的银戒就戴在左手无名指上，那个微胖的女孩儿他一谈起就满眼温柔宠溺；有本写着他名字的天津房产证需要他慢慢还贷；现在还有个小小的工作室让他在私下接活儿敲代码……

每当意识到这些，我只想问：为什么老天还要给他一张娃娃脸？

03

今年十月初，我独自去京津旅行，好不容易跟他见了一面。他仍旧与我一道笑得没心没肺，卖萌耍宝装嫩无所顾忌。

当我问他："放弃教育事业的时候，你是怎么想的？"

他这才轻描淡写地说起他短暂的讲师生涯，说起那时的种种不舍与遗憾。

"我就是觉得对不起那几个学员，他们是真心想学东西，也是相信了我才报名的。有几个人想转行，是辞了职来学的，指望以后靠这个找工作，我们说不干就不干，那不是缺德吗？大家都是出来打工，将心比心吧。"

我去北京时正值"十·一"放假，张继桐要先回天津老家，我还打算留在北京玩两天。临别，他得瑟地递了张名片给我："拿着，以前办班儿时印的，上面有我电话。"

"我手机里有你号码！"我甩了甩名片，"你给我张旧名片干吗？难道是时刻提醒我要嘲笑你创业失败？"

他恨铁不成钢地甩了个白眼过来，就差给我一记毛栗子："万一手机没电被偷，找不到人帮你，你就蹲一边儿哭去吧。"

"你就不能盼我点儿好？"嘴上自然不能示弱，但说实话，我心里忽然很感动。

独自在异乡，总有种冰冷的孤独感和戒备心，只是我不怕吹再冷的风，却常常抗不住一句真切的关心。

"你一个人在北京当点儿心，有事尽管联系我，过两天到天津哥再罩着你。"

"得嘞，小的明白。"我学着京腔普通话，把头点得跟招财猫的爪子似的，"走好吧您呐！"

两年不见，安稳生长于南方小城的我，与奋斗在帝都的张继桐之间的差距已经不是一点点。到最后，依旧没心没肺的人其实只有我而已。

继桐兄走在我前面，不仅要偶尔回头配合我演一出情景喜剧，还要顺带为我操点儿闲心。

在那些曾经里，张继桐也挣扎过、颓废过、消沉过，甚至绝望过。我无从知道细节，也无从想象希望被生生掐碎的感觉。但到底他是个不安分并且要强的人，也必定在继续追寻自己真正想要的生活这条路上，绝不会放弃妥协。

在他若无其事地吐槽这几年在北京种种经历的时候，在他将所受挫折、失败，冷眼嘲讽笑着一笔带过的时候，已然让我看到那极具存在感的强大。我们总说梦想还是要有的，万一实现了呢？

然而梦想，今天你还安在吗？我有向你靠近，哪怕一点点吗？我缓慢地成长，是否只能眼看着你束之高阁？

我反观自己，暗自比之，望尘莫及。

04

十月旅行，我到天津时是早上，街道还很空，海河边有风感觉微冷。张继桐在天津站外接我，顺手背过我那巨大的旅行包，说："走，到了哥的地盘，带你吃香的、喝辣的！"

后来，我们在长长的海河边走了好久，看往来的游轮，看浪头里游泳的人，给一座座跨河大桥取恶俗的名字，研究两岸万花筒般的异国风情建筑……

走累了，我们就坐在河边的长椅上，吹风聊天。

我兴致勃勃地学起天津话儿，问他："我嘛时候儿能喝到你的喜酒？"

他转头，笑眯眯地看着我："不急，先喝你的。"

"我连男票都没有，出来旅个游也找不到小伙伴，你觉得我会比你这个人生赢家结婚早？"

他没回答，眼睛一下子看到很远的地方，只是瞳孔里面没有光。

我忽然意识到有什么事不对劲："你和嫂子吵架了？不会啊，在北京的时候你还跟我得瑟说给嫂子买了新手机吧？"

"千挑万选，却是分手礼物。"他伸出手，看着左手无名指上的银戒，叹了口气，"小白啊，这次你哥我打算单身一辈子。"

我记得张继桐说过，他给嫂子买的手机牌子是索尼。之前，索尼手机还叫作索尼爱立信的时候，简称索爱——所爱，却也是所苦。

那是学长张继桐的另一个故事了，不关乎梦想，关乎爱情。

我不是反串，我是本色出演

当我冲进阶梯教室，站在讲台上做自我介绍的时候，我没有想过自己在两年后会成为话剧社的社长。

那年我大一，19岁，唯恐天下不大乱、不作死就会死的年纪。《中华英雄》是我参演的第一部剧，也是唯一一部上台表演的话剧，它改编自陈嘉上执导、李连杰主演的电影《精武英雄》。

2010年5月，我在学校大礼堂的舞台上演了陈真的日本女友——光子。

这部剧的表演阵容不仅包括了我们话剧社的骨干成员，还力邀了双截棍社的"武林高手"加盟演绎。

其实，在这样一部男人戏中，我出场的机会不多，但这真的已经是我唯一完完全全演完整部戏的女主角了。因为在往后将近三年的话剧社生活中，我很少会走到台前去表演。我总是站在侧幕后面，愉快地看着舞台上自己导演的一切。

没有什么比纯粹的爱好更让人轻松喜悦，没有什么比纯粹的热情更让人知足饱满。哪怕只有一个观众，哪怕只是在设施简陋的教室里排练，我都觉得那是一种恣肆的快乐。

当我第一次穿着整场汇演租金最昂贵的一件金色和服演出服进行表演并担任汇演主持人的时候，我真的觉得自己棒棒的。

不过老王是属于专业黑我二十年的存在，什么话到他嘴里都能变出个花样来。老王是班长，我是团支书，大一班里杂务多，所以吵过几场架再吃过几顿饭以后，我俩就混得跟哥儿们似的。

我跟他说我要演话剧，他二话不说就拖了一票室友们来捧我的场。但是，本着黑我至上的原则，他偷偷跑到后台意味深长地对我说："小白啊，你演技不错吗……我要不是早认识你，还真就相信你是个温柔的女生了。"

"我就是本色出演！"

"别闹了，你明明是来反串的！"

要不是穿着和服上着妆，我一定会扑过去灭一灭他嚣张得瑟的气焰！

那时的我张扬恣肆，忙得像个钢铁硬汉一般穿梭在大学校园里，连抱着书走路都快得好似带着一阵风，完全不将林荫道两旁的香樟看在眼里。

在这样一段炙热浓烈的大学时光里，我热爱表演，喜欢舞台，也热衷于表现自己。而话剧社正好给了我这样的平台，让我认识了可以互黑的死党，结识了话剧社里一群志同道合的小伙伴，编织一场无关乎所谓利益、无关乎所谓世故的桃源之梦。

我忘不了与老王互黑八卦时的畅快，也忘不了舞台下响起的掌声，也忘不了热血在身体里奔流、沸腾的窒息感……

这才是大学青春应有的生活，不管你做出如何的选择，不管你进入哪一类学生组织，参加什么样的社团，都能真切地感受到自己因青春而迸发出的能量和激情。

我想，那个曾穿着和服站在舞台上的自己，必定如同那戏服的金色一般，在聚光灯下熠熠闪耀，绽放出了青春里最肆无忌惮的光芒吧。

那时，我们那么美。

受影响于赖声川导演的话剧《暗恋桃花源》，我一直对此剧念念不忘。大二那年，我终于忍不住提笔改编，改出一个新的剧本《天意桃花源》。为此，社长学姐给了我一个小团队，让我负责这个剧的排练。

两条主线各自排练倒还顺利，可组合起来演却屡屡以失败而告终，难以磨合。我曾一度想放弃这个自己钟爱的剧本，不想再为排练里无数次出现的矛盾摩擦而烦心。

排练的时间少、条件简陋，道具几乎没有，我在这样的状态下对整部剧都没有了信心。当我努力想要去呈现的东西远远没有达到自己预期效果的时候，那种自己对自己施加的压力是巨大的，是无法排遣的。

舍友小路看我天天纠结于此，忍不住在看韩剧的时候勉为其难抽空吐槽我："努力不一定会成功，但不努力就会很轻松哟~"

可对于我这么一个虽然不是处女座但依旧力图完美的人来说，怎么能忍！有时候我们频频碰壁，或许只是遇上了生活给予的一点点恶作剧般的提醒。只要我们愿意换个思路，换种方法，总能与小伙伴们一起无畏而努力地往前走，找到抵达彼岸的路。

这时，我们才真正明白"团队"这两个字的意义，也开始意识到合作的重要性。

尽管后来《天意桃花源》最终夭折，没能在舞台上完整表演，但在大家的支持与合作下，我们将其中桃花源的部分挑出来改成单独的剧本，重新分配角色，重新组织排练，共同将这个剧搬上了舞台。

我们的精力是有限的，当我面对新剧本的演出，选择也随之而来——台前还是幕后，自由还是责任，我需要作出决定。

这一次，我没有出演任何一个角色，我将登上舞台的机会留给话剧社的新面孔们，就像我的学长、学姐也曾把演出的机会让给当初那个什么都不懂的我一样。

后来，每当他们亲切地喊我"小白姐"，我总想脱口出一句自黑："胡闹，喊学长！"

因为我强势的个性，学弟、学妹在排练时没少受我的气，所以每每想起来都提醒自己要再温柔一些，耐心一些。于是，我没少厚着脸皮拉着学弟学妹"闲话家常"，也总是自黑以博众人一笑。

如果不是在《天意桃花源》里与学弟、学妹们建立了更深的信任和默契，那么我就一定没有办法在自己升入大三的时候当好话剧社社长。

导话剧如烹小鲜，就像一个吃货转型成执着于烹调美食的冒牌厨师一样。我从台前转到幕后，心态也从单纯喜欢表演变为希望完成一部更好的小话剧，希望将话剧社办得更好，希望有更多的人看到话剧社的努力。

《桃花源》在小剧场演出的时候，我死乞白赖地拖着同宿舍的姑娘们去看，一路上把这剧吹得天花乱坠，就像是我自己演的一样。我想，我当时在她们嫌弃的目光下一定是醉了的吧……

这是一场考验，是一场磨练，是我在话剧社并不轻松的一次转身。

大三那年，一部《我可能不会爱你》爆红两岸，"万年修得李大仁"更是蹿红网络，而我独爱其中穿插金世杰表演话剧《收信快乐》的那一集。

同年，成为院学生会副主席兼任话剧社社长的我，带着大家举办了一场校园微话剧大赛。

说是微话剧，其实更像是小品短剧大赛。我像个头脑发热的疯子，不管顶着多大的压力，受了多少的冷眼，遭到多少的误解，只是着魔地横冲直撞，充满棱角地往前跑。

范冰冰曾说过"我能经得起多大诋毁，就能担得起多少赞美"，到了我这里，这句话或许可以变成"我能扛得住多大压力，就能担得起多少赞美"。

我所有的付出和努力都留下了长长的脚印，任谁都无法抹去。终于，比赛办得热热闹闹，声势很大，我们还邀请了外校的兄弟剧社来观摩决赛演出。

而这一次，我上台了。

我与兄弟剧社的社长老于共同完成了话剧《收信快乐》里一小段的表演，作为决赛开幕的前奏。这是我最后一次登上话剧社的舞台，老王还是很讲义气地陪在我身边。

不过此时，老王早已当上院里的学生会主席，小学妹们喊学长喊得是一口一个亲热。我走下舞台坐到他身边时，他故意当着我的面儿夸张地问另一个小伙伴："你有没有见过小白这么撒娇的？我真受不了，太肉麻了！"

说着，他一阵嗯嗯啊啊地演起我方才的角色，两只胳膊还傲娇地前后摆动，看得我鸡皮疙瘩掉了一地！

本想着那个小伙伴是个正义好少年，理应会替我说两句好话，谁想他竟来了句："在我心目中，小白一直是杀伐决断、雷厉风行的女汉子！她怎么可能撒娇，一定是我打开方式不对！"

"你们够了！不黑我会死吗？"

随着吵吵闹闹，我兵荒马乱的大学时光自此就被深深烙上了"杀伐决断，雷厉风行"这八字批语！

对于老王这种损友，我只想说：走好！不送……

伴随着老王的终极吐槽，话剧也就此在我的大学生活里谢了幕。我没有告诉过任何人，舞台上不过五分钟的光景是让我多么不舍，叫我多么想让时光就此停在舞台灯光之下，化作银河恒星，永缀于蓝丝绒般的天幕。

大学时，我们总在犹豫着要不要去尝试，能不能完成，会不会遇到困难。可一旦我们踏出第一步，真的做到了一件、两件、甚至三件本以为不可能的事时再回头一想，当初那些"难"，又有什么大不了呢？

不要反感每一次学生活动，不要只是把公益和志愿者挂在嘴边，不要因为假期繁多的同学聚会放弃实习的机会，不要觉得自己没有时间多学一点外语，不要觉得所谓的比赛都是瞎折腾……

以上种种，但凡有人来问我，我都是举双手、双脚赞成去做的！不折腾，就永远不会知道自己最想要的是什么，也不知道自己会收获什么。

就像当初进入话剧社，我也不过就是凭着一腔热情罢了。谁知后来我竟成了骨干，又当上社长，背负起整个社团的责任和社员的信任。这谈不上是什么成功的事情，只是我比旁人多一次机会去尝试，多了一次机会去成长。

后来，我升上大四，卸任话剧社社长一职，又适逢兄弟剧社组织汇演，老于邀请我们去观剧。老于的剧社更加专业，光硬件条件就足以甩我们几条街。他们有专业的导演，有精心设计的舞美灯光，有考究的道具场景，所以《收信快乐》被他完整地搬上了舞台。

岁月很长，缘分太短，我们都像是《收信快乐》里的主人公一样，抱着遥远的爱恋与无法忘怀的思念。只不过剧中主人公爱的是一个人，而我们爱的是这个舞台以及与我们一同在舞台上尽情发过疯的过往。

话剧结束，老于妆还未卸尽，便匆匆下台送我离开。他笑得有些不好意思："之前跟你表演了其中一段之后，我就想把这个故事都演下来。这也是我最后一次上台了，演得总有不足，你可别介意！我呢，也就当是留个遗憾吧。"

"真的演得很棒！"我知他谦虚，但听了他这话心中愈发酸涩，又说，"我们终究都是要退的，有遗憾才更美，不是吗？"

在校门口分别之时，我深吸一口气，鼓足勇气与他们告别。这些与我走过一段青春之路的人或许再也见不到了。

大学四年，宛如一片桃源，即便其中种种皆已作了怀念，作了梦，但倘若当初没有在话剧社经历这一场，又如何能在青春里本色出演那一场"不疯魔，不成活"呢？

总有一个梦想，是为自己而活

她至今只谈过一场恋爱。

他们是青梅竹马，相爱后又在众人的祝福中结成叫人艳羡的夫妻。女儿出世那天，她觉得上天把能给她的一切都给她了，就像童话里公主和王子幸福地生活在一起，何其幸运。

她以为，她全部的梦想，都实现了。

01

我奉了 Boss 之命去采访 Karen 的时候，她正坐在有着巨大落地窗的办公室里洗茶、泡茶。

她见我进门，朝我点了点头示意我随便坐。我留意到她的电脑桌面上，是她自己街拍的照片。虚化的秋日街景里带着洗不去的萧瑟意味，她身着深 V 领的拼色贴身长裙仰首望天，好似鲜艳欲滴的秋日红蔷薇绽放在视线之内，令整个画面如同杂志上的时尚大片儿那样好看。

姣好的面容，优美的身材，还有优雅举止间偶尔蹦现的一点俏皮，她的完美与气质，简直叫我开始怀疑自己的性别。

天啊，谁能看出那是一个年近四十的女人，而且还是本地幼教机构的负责人、当地某公益组织的发起者？从照片上看，我会以为她是职业模特……

"小白，我要从哪里开始跟你聊起呢？"她笑着递给我一只小茶盅，为我满上茶，"我一点准备都没有。"

"Karen 老师，我们大概是要写一篇关于您的小传，您可以跟我分享一下您的经历，或者记忆里印象深刻的事。"

"哎呀，我都不好意思讲这个……"她像个少女一样用双手轻轻掩住嘴，谦虚地说，"我算不上什么成功，不过是经历了一些事情，现在已经慢慢走出来罢了。"

02

四年前，Karen 的青梅竹马，也就是她的丈夫，将一张长长的通话记录摆在她的面前，斥责她私德有亏，居然瞒着他与别的男人勾勾搭搭。那莫名其妙的通话记录和丈夫决绝的离婚态度，成为她童话生活里的闷头一棍。

她天真地以为，这个与她一起经历过青春年少、曾拥有甜蜜爱情的男人，只是误会了她。她相信，他是爱她的，误会一旦澄清，他们的爱情仍是一段佳话。

当她拿着自己已经验证过的通话记录来到他面前，当她满心以为误会已经解除的时候，他已然绝情地消失在她的世界里，留下拿着离婚协议的律师，冷冰冰地问她想要怎么进行财产分割。

谈到这里，Karen 嘴边挂着淡淡的无奈："其实，那份通话记录是他伪造、费尽心思设计好的，跟我提离婚的借口。所有知情的朋友都说他一定是外面有人了，叫我跟他大闹一场，官司要打到他倾家荡产。"

"那您是怎么决定的？"我问。

"我当时不相信他外面有人，我们这么多年的感情，不是说没就能没的。他是我至今唯一爱过的人，我将他当作我的梦想，我信他就像信我自己一样。但我也是死要面子的人啊，不希望把人生骤然的四分五裂告诉别人，不想这件事闹得太难看。有句古话说，他既无情我便休，总有些人就像握在手里的沙，攥得越紧越留不住。说白了，即便是感情走到了尽头，我仍希望他念我的好。"

Karen 告诉我，闹离婚的那段日子，是她有生以来最痛苦、可怕的时光，她将所有的精力投入到工作当中寻求片刻解脱，却仍旧扛不住黑夜降临时巨大的恐惧和脆弱。她整夜整夜地从梦里哭醒，又肿着双眼投入到一次次工作当中。

她的骄傲和自尊，不允许她在众人面前露出一点点悲伤的马脚。即便是在离婚协议书上签下名字的那一刻，她都是干脆爽利的，连她的律师也佩服她的坚强和决断。

当婚姻正式以失败而告终，他背叛者的面目才真正显现出来。不过大半年的时间，他便与另一个女人重新组建了家庭。

Karen 终于认清，这场阴谋背后龌龊的人心。那个曾与她海誓山盟的初爱，早已在富贵荣华犬马声色里死亡，尸骨无存。

张爱玲曾写：说好永远的，不知怎么就散了。最后自己想来想去，竟然也搞不清楚当初是什么原因把彼此分开的。然后，你忽然醒悟，感情原来是这么脆弱的。经得起风雨，却经不起平凡……

03

就在离婚的这段日子里，Karen 开始从事公益事业，积极投身到各项志愿者项目里去。

她资助贫困儿童，义务宣导公益文化，组织朋友节假日参加传统文化讲堂……而本是业余从事的那份幼教工作，也渐渐成为了她为之奋斗的事业。她的亲人、朋友，在此时撑起了她的生活，让时间慢慢治疗她心底的伤口。

可是，正当她的生活慢慢步入正轨的时候，她母亲的身体垮了。

主治医生让她做好三个月的思想准备，于是她开始了为母亲四处奔波求医的日子。她带着母亲的病历请各地的专家会诊，又把专家的话录下来给母亲，让母亲安心配合治疗。她知道，跟死神做对手，注定是一场没有赢面的较量，可她仍旧拼尽全力去跟时间赛跑，满足母亲的求生欲望和所有的心愿，不希望母亲留下任何遗憾。

那条从她家赶到医院的夜路，她常在深夜独自走过，却从未怕过。

高尔基曾说：生活的情况越艰难，我越感到自己更坚强，甚而也更聪明。

或许是她努力去坚强的心打动了命运，于是生活给了她带着光的回应。手术后，母亲从昏迷的状态恢复过来，大半年后顺利出院。而她的生活，亦找到了往前走的方向。

业余的时候，她开始学习中国舞，一有空就旅行，去环游世界，品尝各种美食。很快，每个碰见她的朋友都开始赞美她日渐红润的面色和饱满的精神状态。

"当时我母亲对我说，你早该为自己活了。"Karen 的眼眶微微有些泛红，"以前，我总是围绕着我的前夫、我的女儿，把所有的精力都放在他们身上，离婚后，我开始意识到我给自己的时间实在太少了。"

我忽然不知道自己该说什么，因为一切言语在此刻都是苍白无力的。我只能安静地听，用心去感受 Karen 微笑背后的风起云涌，去体会一个女人微笑的内涵。Karen 像个大姐姐般讲述自己的故事，看似风轻云淡，却叫我内心产生了极大的震动。

她说，这世间的事情，大多数时候是有因果的。善有善报，恶有恶报，不是古人凭空留下的箴言。如果她当初用离婚官司拖着前夫，来一场旷日持久的相互折磨，或许是能够获得一笔不菲的财产，但谁来为她付出的时间和精力埋单？

而干脆地抛开过去，使她拥有了更充裕的时间来寻找自我，一边愈合伤口一边重拾对未来的信心。

至于那个背叛者，且让时间去做判断吧，已与她再没关系了，她又何必拿别人的绝情来惩罚自己。

是啊，人生的剧本，是老天给的，我们唯一能做的，就是改变自己，去努力做一个好演员。

04

采访将要结束的时候，Karen 看着埋头在记笔记的我，笑着自嘲："真奇怪，按我以前的脾气，这些事情是绝对说不出口的。我不想别人来同情、可怜我，所以一直回避它。"

"可您现在跟我聊这些……"我的笔尖顿住了，仿佛自己窥探了别人并不希望被发现的秘密，满心愧疚，"不好意思啊，这次采访让您想起了过去的不愉快。"

Karen 莞尔一笑，反过来宽慰我："你别想太多，我要是不想说，你还能把刀架我脖子上逼我吗？"

她又告诉我，她曾将这些痛苦的回忆尘封起来，轻易不敢触碰。但当她从过去痛苦的回忆里走出来，她就渐渐开始反省自己在一段失败的婚姻里犯过什么错，也不再怕去面对曾经软弱的自己。

这一次，她终于明白，如果没有过去的种种经历，她也无法成为现在的自己。那些始终爱她的人，会接受她的全部。她唯有变得更好，才能不辜负那些始终守在她身边、陪伴她、支撑她的人。

"我的过去，是生命里不可或缺的一部分，它成就了如今的我，不应该被尘封起来。而且正是因为这样一段经历，让我变得有足够的力量去影响身边的人，去帮助那些'放不下'的朋友。生活像是一场巨大的相互馈赠，对的人在你自己对了的时候，就会出现在你身边，与你一起去打开人生的美好。"

Karen 向我简单地展示了她现在一直在坚持参加的公益活动，给我讲予人玫瑰手留余香的富足感，"一个女人的丰富，不在于物质的优越，而在于精神上的满足。"

因为拿起过，才知道放下；因为失去过，才不怕拥有；因为受过伤，才明白慈悲。海明威曾说：优于别人并不高贵，真正的高贵，应该是优于过去的自己。辽阔的时间，不会偏爱任何一个人，我们可以选择用爱得到全世界，也可以选择用恨失去全世界。

但如果人只能有一个梦想，凭什么不是为自己而活？

面对 Karen 这样一位独立而高贵的女性，我的好奇心在第一时间蠢蠢欲动："其实，我还有个私人的问题，不知道能不能问您一下。"

"你问吧。"Karen 大方地回道。

"经历过这些事，您现在还憧憬爱情吗？"

Karen 展颜，双颊似有浅浅的粉色透出来。她斩钉截铁地对我："当然要憧憬，必须要憧憬，爱情是每个女人毕生的追求，我没有道理放弃啊。"

原来，每个女人都是为爱而生的，正如杜拉斯在《情人》里那段最著名的话一样：爱之于我，不是肌肤之亲，不是一蔬一饭，它是一种不死的欲望，是疲惫生活中的英雄梦想。

末了，Karen 又补充了一句："不过在此之前，每一天我都要活得越来越像我爱的自己，这样才能在遇到对的人时不错过，遇不到时也不遗憾。女人吗，如果不爱自己，谁还稀罕来爱你？"

我看着这样的她，忽然会心一笑。

05

凭什么别人在朋友圈晒美食、秀恩爱的时候，我总是在加班或者去加班的路上？凭什么别人安安稳稳地结婚生子，我总是孤身一人大半夜写稿码字？

秋日来的时候，感冒趁机到访，我头昏脑涨地坐在深夜回家的公交车里，内心似乎有些什么东西要挣脱出来，彻底把我吞噬。在公司加班到深夜的时候，人是很崩溃的。一遍遍跟甲方沟通，不断重复劳动，简直是噩梦。

我总问自己：为什么做自己不喜欢的事情，还要这么拼命？

起先我并不知道原因，只明白我必须这么做，没资格任性，没资格挑剔，甚至时常没资格说辛苦。那种既不知道努力的方向在哪里，又不知道怎么努力才能活得更像自己的日子，人简直是发霉到头上要长好几个品种的蘑菇。

最近新公司经历了一次洗牌，大 Boss 开会检讨在这段时间内出现的问题。他聊起品牌策划这条路，未来我们要怎么走，为什么团队来来去去那么多成员，各个离开公司后都变得更值钱，而留下的人价值又该体现在哪里？

Boss 给我们讲了个故事，这是我听过的最简单、粗暴的画饼故事，却也是最实用的一块饼。

Boss 说，他在选择自己创业之前，不过是行业内一本杂志的采编，简单说就是个写软文的。不管甲方是抠脚大汉，还是目不识丁，他都是歌功颂德，把能吹的牛都吹遍。这样的工作，他一干就是七年，即便拼了命做事，还是免不了时常被甲方踢飞。

他有多喜欢他的工作吗？

他说："滚蛋，无聊到死。"

可正是这七年他一直做的最基础的采编工作，替他攒下了口碑，又积累了无数业内的人脉资源。当他出来单干，他早就有了足够的资本去谈判。

有个甲方得知他从杂志跳出来，随即单方面解除与杂志的广告合同，把另一份合同送到了他手里。这就成了他的第一桶金，而当时他的团队，包括他自己在内，不过只有两个人。

"我这七年就干好了一件事，所以我现在才有资格去踢飞我们的那些供应商，因为我比他们懂多了。"Boss 激动起来，简直是老子天下第一的架势，"你们现在要做的，就是让自己比别人更懂行，你说好就是好，你说不好那就连个屁都不是。这件事，谁都别急，谁也别不急，认认真真干，你们懂？"

大伙儿集体正经脸点头。

此刻 Boss 瞬间从鸡血模式切换成隔壁老大爷模式："我待会儿还要出差，过几天回来，大家在家里都好好的啊，要跟我保持联络。别以为我不在，你们就能在办公室开 party，要乖乖的知道没？公司里的花花草草浇一浇，鱼缸记得要换水，出门安全要注意——"

大伙儿集体憋着笑，继续点头。

"好了，知道你们嫌我烦，散会。"

后来，我跟身在广告公司的死党吃饭，她聊起他们公司那个牛哄哄的设计总监。我发现她公司的设计总监居然和我们大 Boss 是同一家杂志社出来的！

"你们总监以前做什么的？"我问。

"据说就是一个负责设计杂志配图的，只要处理处理甲方给的图片，有时候调调尺寸，找找插图之类。"她说。

"这么简单？！"

"听着是挺简单、挺无聊的，不过这种毫无技术含量的东西，他做了九年……"死党摇着头，一脸想不开地低头喝饮料。

"九年！"我也低头喝起了饮料，咬着吸管说，"我需要静静。"

她抬起头，愤愤道："我们这群小设计做的东西，经常被他贬得一文不值，现在我真是压力山大，天天都在挑战自己的忍耐极限。"

我本想吐槽她的，结果酝酿半天只憋出来一句："我也是……"

网上充斥着无数说走就走的旅行，熬着一锅锅忠于自我的鸡汤，也漫天飘飞着裸辞的潇洒无谓，但这些一摆到自己的身上，那就是幻影，还不如加班费来得靠谱。老天爷不给你喂饭，家里没有亿万产业给你继承，你就老实地在自己的位置上蹲着，攒资历、攒年假、攒钱，然后要旅行就去旅行。

经历得越多，看到的就越多。我似乎也慢慢了解那个"为什么做自己不喜欢的事情，还要这么拼命"的问题，该怎么回答了……

首先，写一个大大的"解"字！

然后套个简单的加减公式——

一份工作结束后的自己 – 这份工作开始时的自己 = 自己在这份工作中的收获

检验：收获是否 >0

是，则为正解。

比如我，上一份工作是在网站做编辑，从最基础的录新闻、写软文、发帖子、报道活动开始做起，每天埋头想选题做专题，连一窍不通的 Photoshop 和 Dreamweaver 也硬着头皮从头学起。

像我这么外向的人，要我成天机械式地在网络流水线上工作，简直是要了命。八股文写到后来，我就差头顶冒青烟了。

后来领导看我有拼劲儿，就让我转做商务编辑。所以，我又开始了努力写软文、拍甲方马屁的日子。

网站转型的时候，我被总经理调到策划部门去担任策划专员，开启没日没夜重复包装产品、提报方案的模式，为甲方提供活动策划和执行方案。那段日子，我每天最大的消遣大概就是与同事一起吐槽甲方多么、多么傻缺，提的要求多么、多么的 Low……

然而，即便在我离开这家网站时，内心对这家公司的体制、福利有诸多不满，有太多说不出口的委屈和不甘心，我也必须承认，这份工作给予我的成长是切实存在的，是不容置疑的。

尤其是我曾参与网站的视频拍摄，长期担任视频栏目的主持，在没有任何经验和前辈指导的情况下，摸索着利用公司的平台资源创立了自己的视频栏目，从而得到了大家的肯定。

也许网站的常规工作确实是贫乏的，不够丰富有趣，可天底下又有什么工作是一直叫人不会感到疲倦的呢？只是有时候内心的热爱超过了现实的琐屑，只是有时候可以飞快地恢复血槽，只是有时候在有限的空间里发现了令自己维持小我的角落……

越是枯燥、繁琐的工作，越要承受巨大的压力，越是被逼到没有生活只有生存的境地，我们或许更能感知到自己身上的能量。

高尔基就曾说过：生活的情况越艰难，我越感到自己更坚强，甚而也更聪明。

当我回头看，去整理在这份工作中的收获，猛然发现已经学到不少。待到我跳槽进了现在的公司，我终于更加清晰地开始意识到，正是曾经日复一日重复的劳动，一篇一篇加班加点码出来的新闻和策划案，成了我手中至关重要的筹码。我相信，如果不是熬过了那些没有尽头的加班，克服了所有压力和负面情绪，我不可能成为现在的我。

或许，随着年龄的增长，我们并不是变得更好，也不是变得更坏，而是变得更象我们自己。

There is only one success —— to be able to spend your life in your own way.

世上只有一种成功，那就是能够用自己的方式度过自己的一生。

所以，除非我们已经找到了自己的方式，满足于现在的生活，否则但凡我们心中尚存一点点野心，那么就应该明白，青春里的加班和穷困，是不可能短时间变现的。

因为这种东西在未来有一个更加高端的名字——资本，而唯有足够的资本，才会在后来的时间里慢慢支撑起我们想要的生活。

参加工作至今的所见、所闻、所感，令我越发明白为什么所有的职业规划都在建议应届生不要频繁地调换工作，不要过度跳槽。因为时间不够长，能力再强的人也无法学会如何沉浸到一个行业里去，也就无法找到自我的价值。这不是世界观的强加，是经过无数人实践过的，处理问题的方法论。

都说要相信天道酬勤，但耐不住寂寞，在任何事上都浅尝辄止，那么看似忙碌的背后，所有野心都不过是一场空。

我想，我们必然要在前两者上耗费最长的时间，先寻找自己的价值，然后做我们能做的来放大自己的价值，最后才能按我们的意愿，去做我们觉得应该做的事。这个世界上不缺乏好高骛远的人，也不乏埋头苦干的人，缺的往往是明白努力的意义且努力的人。

其实很多人说不出自己的梦想具体是什么，那么不妨认准一件事情，试着坚持下去，别轻易改变。不用太介意所谓行业前景的好坏，不要太在乎这个职业说出去是否体面，因为再不被看好的产业，也会有金光闪闪的人物，也有叫人崇拜的大佬。

青春会如何收场，未来又会怎样，梦想是否能实现……这一切的一切，我统统都不敢说。我只知道，不用急着埋怨世界是否真的缺少伯乐，不如先思考我们的马是否已经跑过了伯乐口中的千里路程。

愿世上所有的孤单，都有温暖相伴

01

我的死党大树，说起来算是个青年书法家，在高校当老师，这两年日子过得倒也舒坦。

每当我有什么钻牛角尖的事情，就会找他聊一聊这狗血的人生。因为从他们这类艺术家的角度去看问题，我总能发现他的世界跟我想得有点不太一样。

比如，我写不出东西的时候，大树就强烈建议我天天去逛菜市场——

"赚得本来就不多，你还要我去感受通货膨胀？"我说。

"活该你动不动就喊灵感枯竭，菜市场这么大个江湖你都没兴趣，我看你也玩不出什么花样了。"大树对我的嫌弃，已经通过一个巨大的白眼传送到位。

"说好要做彼此的天使呢！"

"那我选择死亡。"

大树就是这样的，要么懒得说，要么就说到把我逼出失心疯……

02

不过，最近大树比我更苦恼，他前女友季明雨从国外回来，打电话说要顺路去他的学校看看。我很意外，大树居然答应了。

那天他们约好下午两点在校门口见面，大树一点钟的时候从办公室出来，打算先去学校附近一家老牌美术用品店买几支毛笔。他慢悠悠地走到校门口，正巧看到季明雨走下出租车。他愣住了，脑子里墨汁翻得到处都是，乌黑一片。

大树设想过无数次的久别重逢，也设想过再见面时要说的每一句话，甚至是写好了一幅字，打算送给她。可这校门口提早的相遇让一切都错位了，他无从开口："怎么到得这么早？"

"以为路上会堵。"

季明雨穿了件米色的长风衣，拎着黑色的 COACH 包，微笑着立在大树面前。秋风乍起，撩拨着树梢的黄叶和她细碎刘海下的眸光。

他们并肩走在不时飘落秋叶的校园小路上，如两个各自隐匿江湖的对手，再次相见都已参破了世上的爱恨情仇。于是他们口中的那些从前，都似是别人的从前了。

季明雨五年前离开大树出国深造，手起刀落，斩断了他们大学四年的感情。大树一度化身灭绝方丈，愤然离开了这座令他伤心的城市，直到两年前他因为母亲身体不好才回来，摇身一竟变成了颇受学生欢迎的美术老师。他用看似温和的脾气和良善的外表在校园里圈粉无数。

谁能想象当初那个因为失恋跑去烫爆炸头、打耳洞，成天把空虚寂寞冷挂在嘴边的颓废青年，现在居然是这副为人师表的正经模样？

秋风吹得有些凉，大树顺道去买奶茶，结果碰上两个女学生八卦得问起季明雨是不是他的女朋友。大树对着她们说："别瞎讲。"

"老师你在追她？"学生在这种问题上总是锲而不舍，然而考试并不会考到。

大树也不恼，反而一本正经地胡说八道起来："随你们怎么想吧，我可不会随便剥夺你们八卦的乐趣？"

"嘿嘿嘿嘿……"俩学生顿时像知道了什么机密一样，傻乐起来。

逛完校园，季明雨跟着大树回办公室。说来也是巧，其他几位老师要么上课去了，要么今天没课压根儿没来，这不大不小的办公室里，只有他们两个人。季明雨立在书桌前，指着那些笔墨纸砚问："平时都在这里写字？"

"几个老师公用的，我偶尔也会写写。"

"现在还是写魏碑？"

"最近练章草。"

"写几个字送给我吧，我给你磨墨。"季明雨伸手拿起那块放在砚台里的墨，朝大树扬了扬。

大树顺手把书桌上一个包好的卷轴放到旁边，继而笑了笑："好呀，以前总说要写一幅最好的字给你，结果什么都没写成，怪可惜的。"

他提笔，看着她磨墨的样子，恍惚觉得时光一下子晕染回五年前。那时，她也是这样为他磨墨的，低眉垂首，盈盈浅笑。

他们一起在食堂吃过的盖浇饭，半夜手牵手压过的马路，学校小花园小径上的初吻，还有送她离开的那个公交站台……都开始涌入这个有着晴空的秋日午后，成为大树眼前的动人水彩。

那些曾经里，有那么一刻，他相信他们会永远在一起；又有那么一刻，他发现他们再也走不下去。

"朝花夕拾。"

季明雨轻声念出大树写的四个字，抬头时正好撞见大树柔软坦然的目光，微微颔首动了动嘴唇。恰好下课铃声响起，大树没听清她说了什么，隐约觉得那应该是一句谢谢你或对不起。

大树展颜，点了点头。

季明雨走的时候，大树回到校门口，送她上了出租车，转身朝美术用品店走去。他走进店里，拿起自己惯用的那款狼毫，嘟囔了句："咦，以前来买的时候，还觉得这笔挺重的，现在怎么变得这么轻了？"

"因为你长大了吗。"玻璃柜台后鬓角微斑的店主笑着搭了这么一句。

大树心念一动，转身朝店主笑笑，刚好看到大好的阳光里走出一对少年，跨入了这家稍显陈旧的小店。

03

季明雨走后不久，大树约我吃饭，谈起这件事。我问他："不是说再见面的时候要给先用眼神在她身上烧两个洞吗？那些日子受的、苦受的伤，你都忘了？"

"不是忘了。"大树扁扁嘴，"是我忽然想起了她的好，不想再把回忆里温暖的东西毁掉。"

忽然间，大树的恋爱哲学前所未有地柔软起来。他告诉我，哪怕是朋友三两天的相处，我们仍旧会感激他们的陪伴，何况是前任。

有个人，曾为我打过饭、送过伞、为我洗过衣服、陪我数过星星，是独属于我的美好时光。或许，那个人以后都会为别人洗衣、做饭，但终究为我做过，这就够了。我往后每一次的孤单，曾经的美好都将陪伴我，在回忆里予我温暖。

听完大树的长篇大论，我只恨早上没有吃了药出门，又被他戳中了痛点，各种扶额苦笑："你说得这么好干吗！分分钟让我在脑子里挖坟，想起一个不愿想起的人。"

他张口来了句："就是在学校里对你特好，后来找了个女的，就跟你彻底拜拜的男人？"

我愣住："这话说得……怎么好像我是个男的！"

"你明白就行。"

"我不明白。"我说得斩钉截铁，白眼横飞。

"哈哈哈哈哈——"

我始终不愿提起的人，是高中时期坐在我斜后方的少年。他瘦瘦的、黑黑的，单眼皮更是毫无花哨可言，喜欢牛奶却不喜欢巧克力。读书的那些年，他对我的好都成了我后来的毒药。

我和别人打赌，说自己一分钟就能哭出来。三十秒后，我的眼泪决堤，所有人都以为我在飙演技，只有他私下对我说："我知道你是受了委屈，老师布置的事情太多做不完，我帮你。"

我生日的时候，他千里迢迢地跑到我家，一路上都抱着等身的毛熊玩具，忍受路人猎奇的目光。早上一时兴起，我便会拖着他去KFC，研究法风烧饼配冰可乐的黑暗口感。圣诞节，他送了我一条项链。我问他为什么选了"石头记"，他说："因为有一回我们逛街路过这家店，你说这里面的东西你都蛮喜欢的，买来送人也不错。"

有个人，曾在意我的每个小情绪，记得我说过的每句话，愿意陪我聊天到凌晨。如今，那个属于我们的老地方，从喷泉变成了花台；那个离别的公交站台，因为道路改造，不复存在；那家拉面店的刀削面，分量不再够我剩半碗；那家"石头记"，早就不知道搬到了哪里；而我念念不忘的心情，也正悄悄与我挥手告别。

四年了，我想我很快就会记不清他年少时的样子，也不敢再确定，以后的茫茫人海里还能否将他认出。

村上春树在《海边的卡夫卡》里曾写：回忆会从内侧温暖你的身体，同时又从内侧剧烈地切割你的身体。

回忆从心底温暖我的身体，但我又知道那些美好再也回不去，现在的自己终究要与过去慢慢撕裂。孤单的人，一直都在过着孤单的日子，只是这些年我很努力也很好，早就学会了没有某某人。

事到如今，我要谢谢那个某某人，曾把我留在孤单里。读懂他决绝的背影后，我才有了转身离开的勇气。

我带在路上走的，是回忆里最明亮美好的部分，而非当初分离时的痛苦和憎恨。到头来我才发现，原来所有的孤单，都有温暖相伴。

04

吃完饭，我跟大树又跑去星巴克从中国的 GDP 胡侃到书法界的八卦消息，谁都不再提过去那点破事儿。

临别时，我想起大树事先给季明雨写好的那幅字："你不是没送出去吗，回头快递给我。等你以后出名了，我还指着它发家致富呢！"

他神情古怪地瞅我一眼："你确定？"

"妥妥的。"

几个礼拜之后，我收到一幅精心裱起来的卷轴。打开一看，那力透纸背的四个大字映入眼帘——走好不送。

我打电话给大树，忍不住笑成了梅超风："这字儿你什么时候写的，居然裱得这么浮夸。"

"我只是前年买了个裱。"

"干得漂亮！"

除了我，你喜欢不上别人

01

上高中起，所有写给杨悦的情书，尚未拆封就难逃当场被撕毁的命运。

学校开秋季田径运动会，住校生不用上晚自习，晚上班级里的人不多。杨悦到教室拿书，准备回宿舍，一进门就看到有个戴眼镜的男生坐在自己的座位上。

杨悦走过去，也不知道怎么开口："喂，这是我的位子。"

他头都没抬，飞快地收起自己的书，一下蹿到教室后面去了，也是个怪人。杨悦没多在意，顺手从课桌里抽出政治书和历史书，抬腿就往宿舍走。

杨悦坐在床上看书，一封信从历史课本里逃出来，撞进她的视线，没有旁人看见。杨悦知道这肯定是封情书，不过这次她鬼使神差地飞快地将情书藏到了枕头底下。等到宿舍里的同学陆续上床睡觉，她才将信摸出来藏在睡衣里面，捂着肚子前面"腾"地一下冲进卫生间。

她偷偷看完情书，却又当场撕掉，毁尸灭迹，仿佛刚刚手里拿的是什么国家机密，整个人紧张得手都在发抖。任何细小的叛逆都是学生时代巨大的刺激，好像只要踏出这一步，天地就会完全不同。

杨悦假装没看过情书，也没告诉任何人关于这封情书里不错的文笔和讨巧的措辞。但是情书上的署名，让杨悦开始不经意地关注起那个叫林正信的男生。那种感觉很奇妙，却又微微令她自己有些尴尬，无从自处。

谁知林正信再没有下文，等到冬天来的时候，杨悦内心曾经的那点小悸动早已随着寒冷的降临而挖坑冬眠。

刚上高中那会儿，杨悦与初中的好友一直保持着书信联络，寄出去的每一封信都写得格外郑重认真，收到的每一封信都收藏进精美的铁皮饼干盒。过了元旦，杨悦收到一封陌生人的来信，拆了才知道那是林正信借着外校同学的名义寄给她的。他在信里问杨悦有没有看过他写的情书，还说不管杨悦接不接受告白，他都希望她能回信。

这封信，杨悦来回看了二十遍，想回信的时候拿出来看一遍，不想回信时也拿出来看一遍。纠结到寒假，杨悦终于忍不住写了回信，然后顶着寒冬腊月的刺骨风，骑上单车去镇里寄。杨悦在信里老套地以好好学习为由，表达了不想谈恋爱的意思。

杨悦特别想直截了当地告诉林正信"我不喜欢你"，结果回信时却无论如何也写不出这五个字。既不想给人希望，还不想明明白白地伤害人，杨悦自己也觉得这么干特别贱。

开学后，林正信收到回信，却丝毫没被杨悦的婉拒影响，信写得越发勤了。有时候杨悦不回，他就偷偷塞纸条过来问原因，简直就是死缠烂打。杨悦受不了他，却又不敢表现得太明显，于是开始躲着他。

杨悦越躲，林正信越靠得近，几乎全班同学都知道了林正信喜欢杨悦。杨悦觉得这个世界疯了，毫无安全可言！

02

一天晚上，杨悦因为参加同学生日聚会，不小心错过了学校门禁的时间，只好在学校周围游荡，不知所措。

"杨悦？"有群同样是学生模样的男生走过来，其中一个人认出了她。

"林正信？"杨悦有些惊讶。

"这个点进不去了，你跟我们走。"林正信用了陈述句的口吻，杨悦忽然觉得不太真实，像是老天故意安排他出现在自己面前。

"你们怎么这个点才回校？"杨悦犹疑着问了句。

"为了等你啊……"林正信原本走在前面，却在此时停下来，没头没脑地回过头对着杨悦说了这么一句。

那时橘黄色的路灯一前一后投射下长长的黑影，她的神思晃了晃："你瞎讲，哪有那么巧的事！"

"那还要不要我带你进校？"他反问，刻意表现得有点拽。

她的眼神向下沉，嘟囔着说："嗯。"

杨悦跟着林正信和这几个男生绕到学校的小门，准备翻墙。她从没翻过墙，也没做过这样在她看来的"坏事儿"。

林正信第一个爬了上去，朝杨悦伸出手："别怕，我会拉着你。"

她摇头。墙看着有些高，她不敢。

林正信朝其他男生示了个意，几个人连拖带拽地把杨悦弄上了墙头。可杨悦蹲在窄窄的墙头又不敢跳了，她整个人冷汗直冒，从小到大都没这么狼狈过。

"你跳下来，我接着你。"林正信立在墙下。

"你、你接不住怎么办！"她紧张地问。

"我给你做肉垫子。"他张开双臂，表情认真得叫人有安全感，"你闭上眼睛往下蹦，没事儿的。"

"你！"她一边抖一边哑着嗓子问，"你先告诉我，你今天到底为什么晚回校！不是真的为了等我吧？"

"这都什么时候了，你还有空关心这个！"他忽然有些哭笑不得，身边另外几个男生更是摸不着头脑。

"你说不说！"她拗起来。

"好好好，我说，"他拿她没辙，"我们就是去网吧，回来迟了而已，没想到会碰上你。"

"真的？"

"假不了！"

她这下像是定了心，攥着拳头飞快地说："那我跳了！啊！"

她皱眉闭眼地往下蹦，跳下去才知道，那墙原来没有想象中那么高、那么难跳。一起做过"坏事"的人，有了共同的秘密，总是容易产生一种微妙的联系。当自己最狼狈的一面都被那个人看过了，面对那个人的时候，也就不再像先前那样尴尬。

劳动节放假前，几个同学一起聚餐，饭后大家一起压马路。宽阔的马路上不停地有汽车穿梭而过，人行道上的空气却在无比缓慢地流着，即便是五月暮春的暖风都吹不动。杨悦与林正信一前一后地走在大部队的最后，她回头："你怎么走这么慢？"

他就是在等她那么稍微一下的停顿，好漫不经心地追上她的步子，握住她的手。

那几乎停滞的空气瞬间凝结成巨大的风暴，将杨悦卷入一场漩涡。她措手不及，又无从拒绝。似乎在一起，成了一件顺手而为的事。

后来，杨悦问林正信："为什么我回信拒绝你的时候，你没有放弃？"

他说："你隔了那么久都能记得回信，说明你是喜欢我的，至少是在乎我的。"

"你倒是想得美。"

"我就是觉得，在这个世界上，除了我，你喜欢不上别人。"

"谁给你的自信？"

"自信还能是别人给的？"

"不要脸……"

"不要脸，要你。"

03

高二下学期，杨悦转了艺术班，专修美术，需要到外地上艺术课。美术老师是个帅气的大学生，十分照顾杨悦，于是同学间便开始传一些子虚乌有的事情。

林正信从来没问过这个事儿，但杨悦心里清楚，他是想问的，只是不知道如何开口。杨悦是骄傲的，她对他说："如果你对我有过一丁点儿的怀疑，那么我们就别在一起了。"

听到这话时，林正信犹豫了，虽然最终什么都没问出口。

杨悦写了封信给林正信，只说未来会有更好的人在等着他。他没有回信，也没有再打电话给她。整个高三，她成日在外参加美术培训班，偶尔回学校打了照面，也总是擦肩而过。

时间眨眼而过，杨悦高考落榜，准备复读。林正信考上了大学，学校离本市只有两个小时的车程。当她在高中校园附近再次见到他时，中间不过隔了几个月，却似乎隔了很多年。他好像长高了，又好像没有。他好像变了，又好像没有。他目光中的热切像疯长的藤蔓，将她无尽地缠绕。

他们一起吃饭、压马路。天色暗了，林正信因为送杨悦回宿舍而错过了回大学的末班车，她问他："那你住哪儿？"

"网吧睡一夜。"

她不吭声了。

他看她不说话，在自责："你怎么那么傻，咱在这儿有多少老同学啊，还怕没地方睡觉吗？"

"嗯。"她忽然特别想哭，或许是在新的学校一个人太孤单，或许太怀念以前的美好时光，或许见到他，心里有说不清的难受。

第二天，林正信约了杨悦回以前的高中逛逛，两个人聊着聊着，时间过得也快。傍晚，杨悦问他什么时候走，还赶不赶得上末班车。

"我在高中附近订了旅店。"林正信顿了顿，问，"你要上去坐坐吗？"

"好啊。"

杨悦以为，这次会和从前的很多次一样，两人在房间里，聊天、吹牛、看电视，累了就各自睡去。然而令杨悦没想到的是，林正信准备了安全套……杨悦有那么一下子，脑袋是放空的，完全没有办法接受这件事。

他来找她，到底是为了什么？她在他的心里，到底算什么？她既羞愧又愤怒，不敢去想会发生什么，更不愿意开口谈那些事儿。她想骂他，却无从开口，只得涨红着脸，圆瞪着眼，摔门而去。

出旅店的路走到一半，杨悦越想这事儿越觉得不对劲。平日里，林正信总是最在意她感受的，如今这么反常，到底为什么？

杨悦折回房间，竟发现林正信正独自坐在床沿抹眼泪。她被彻底吓坏了，第一次见到一个男生哭得如此伤心可怜，那哽咽声如同敲砸在她心鼓上的重锤，震得她五内翻腾。

"你哭什么啊！"她憋着股气，无处发作，"明明我才是刚刚差点被那个那个的人，你这样子反倒都是我的错了？"

这话不说还好，一说，他哭得更凶了，跟小兽似的蛮起来，毫无理智可言。他骂她没良心，骂她绝情，骂她根本不懂体谅别人的心情。他骂得极粗野无礼，是压抑多时的火山终于爆发，失去了控制，甚至像傻子一样用打火机烧安全套！

杨悦被骂得难受，又不知如何回嘴，眼眶一红眼泪扑簌簌就滚下来。两人似是要比一比谁哭得更委屈、更哭得更凶，幼稚地企图以此来定度那些说不清道不明的感情里，究竟谁对谁错。小小的房间里，混杂着烧焦味的眼泪，要将二人盖顶淹没。

混乱的荷尔蒙无处发泄，逼得他们反复问自己：我怎么了？！

后来，两个人都哭累了，各自陷入沉默。

杨悦肿着双眼，哑着嗓子问："你这次来，是不是就想报复我的？"

林正信摇了摇头："不是。"

"那你给我演这一出是为了什么？"

"我不服气！"他抬起脸，顶着同样肿成桃子的双眼，"我连那个什么美术老师的影子都没见过就被你甩了，凭什么？我不服，你没有资格甩我！"

"我和他根本什么都没发生，归根到底是你不相信我！其实我也一点儿不喜欢他！"

"那你喜欢谁？"

杨悦偏过头，冷着脸："我没喜欢的人。"

"撒谎。"

"我没有。"

林正信双眼死死盯着杨悦："你喜欢的人是我。"

她愣了一下。

他又继续说，一字一顿："你就是喜欢我，你别不承认，你要是不喜欢我，为什么又会再见我。"

她把目光慢慢放到他的脸上，一遍遍描过他的五官的挺拔轮廓，一声不响。

"我们不分手了，好不好？"他小心翼翼地问。

她眨了眨眼，代替了点点头。

04

重新在一起后，林正信经常给杨悦写信，又悄悄把他爸爸淘汰下来的手机给杨悦用。杨悦总是在晚上下了自习后，躲在被窝里偷偷跟林正信联系。

周六林正信从他的大学赶到杨悦的学校，两个人吃饭约会之后，他晚上送她回家。周日他们一起去市里，他送她进校，然后坐班车回大学。

这一段时光里，日子渐渐变得温馨起来，复读生活的枯燥和单调，似乎也不值一提了。

高考终于结束，杨悦在本市念了大学。林正信说这样正好，等杨悦毕业，他工作一年，刚好结婚。

她说好。

可是对异地的感情而言，通讯是越来越方便了，可见面的次数却越来越少。当杨悦开始意识到这一点，他们已经从每周见面变成了每月见面。

杨悦毕业的时候，主动打电话给林正信："我想要去北京工作，家里人好些在那边，你跟我一起去，好吗？"

林正信在电话里吞吞吐吐半天，才缓缓道出一句："还是不去了，我其实打算考研。"

"怎么你忽然就决定要考研了，也不跟我商量一下。"她内里心惊肉跳，外表却依旧半开玩笑地问，"不是说工作一年，等我毕了业就可以左手毕业证右手结婚证吗！"

"家里人不希望我太早结婚。"他的声音有些闷，"去了北京，我们保持联络。"

当一个人的未来里没有你，当一个人不需要考虑你的感受去做决定，那么再谈什么感情都是太迟了。杨悦不清楚是从什么时候开始，她跟林正信之间失去了一些重要的东西，无法挽回。明明彼此无功无过，却偏偏要无疾而终。

杨悦不懂，也不想懂。她连再见都没说就挂掉了电话，一时间决绝。

她毕业后去了北京，辗转了几年，最后做了图书编辑，工作虽然辛苦，但还算顺心。她后来谈过一段恋爱，本来定好年底结婚，可是她悔婚了。一想到要和对方结婚，她竟莫名地恐慌起来，宁愿承担婚礼事项的费用赔偿，也不愿意踏入婚姻的殿堂。

到北京的这几年，她每天都嚷嚷着要谈恋爱，要嫁人，可事到临头，她才想起来，自己真心想嫁的人只有林正信，那个在年少时就大言不惭，许她一生的人。

当年她不够爱，不会爱，或许现在仍是不懂爱，因为她从未从上一段恋情里走出来。不知道为什么，她总想起他说过的一句话："在这个世界上，除了我，你喜欢不上别人。"

这句话像杨悦心上的赤色封印，至今未解开。人要过了很久很久才能够明白，自己真正怀念的，到底是怎样的人，怎样的事。

她突然很后悔，时不时地问自己：当年收了那么多情书，怎么就只看了他的呢？

如果没有看那封情书，结局又会是怎样？最终落得这样的结果，她与林正信之间，算是真的彻底分手了吗？

很久之后，她忍不住打电话给他，只为一个彻底分手的说法，可谁料到在手机里一直没删掉的，是个停机的号码。

05

杨悦因为毁婚的事情向公司请了长假，打算先回老家一趟，再出门旅行散心。她回高中母校的时候，正好逢上 60 周年校庆，碰见不少旧日同窗。

同学都以为她这趟回来是为了发喜糖，纷纷对她说恭喜。她从未跟家乡的人说起，不知道同学们是从哪里得知了她曾订婚的消息。她不愿多做解释，权且当什么都没发生过。她伏在教室外的栏杆上发呆，看楼下千百人来来往往，有年轻的学生有年迈的校友，有从前的老师有食堂的阿姨，还有她一眼就认出来的男人，林正信。

三年不见，他看上去很好，沉稳多了。她垂眸看着楼下的他，他正巧抬头，目光不期相遇，却相对无言。她想：原来，我想和他过一辈子的人，给我的竟是这般平静啊。

杨悦微笑着转身，本打算就此离开，告别这个有太多回忆的地方。可她刚说要走，就被几个老同学拦住，说是聚餐不准不去。

饭桌上二十多个人，杨悦与林正信隔得最远，远到似乎连眼神都不该有交集。一群人集体感怀学生时代，唯独她备受煎熬。她的青春似乎只跟一个人有关，而这个人早已离开她的世界。

母亲打电话来问她旅行的事情安排得怎么样，饭桌上太吵，她只好起身走到包厢外讲话。林正信大约是从洗手间出来，正好与她照面。

她朝林正信笑笑，又跟母亲交待了几句旅行的行程才挂了电话。她转身，发现他居然还没走，而是立在一旁等她的样子。

"要去哪里玩？"他率先开了口。

"济州岛而已。"她平静地回答。

"是跟你老公去度蜜月的吧。"他大方地笑着，表情深沉得叫她读不懂，"我还是应该亲口跟你说一句恭喜的。"

她可以不对全世界说明自己到底订没订婚，但她不能不在乎眼前这个人对她的误解。如果不是他，她已经是别人的新娘了。他怎么可以也像其他人那样误解她，试探她、甚至刺痛她？他都伤害过她一次了，为什么还要来招惹她！

杨悦冷着脸反问："揣测我的生活，是不是特别能满足你的猎奇心理？你对不起我，所以回头来看我过得好不好。我要是好了，你就心安理得，我要是告诉你我悔婚了，你是不是还打算给我一笔精神补偿费啊？"

她越说语速越快，脑中的逻辑就越清晰："我告诉你，我不需要你可怜我，也不需要你假惺惺的祝福，你哪凉快哪儿呆着去。"

"你……没结婚？"

她冷笑，浑身带刺："你现在是不是心里特暗爽，想着杨悦这个傻货果然除了我就喜欢不上别人？"

"本来不是，现在是了。我还一直以为，被甩的那个是我。"

"明明是你要考研，甩的我！"杨悦不得不翻起旧账来，省得被人扣帽子。

林正信莫名其妙地笑起来，脸上的表情像化开的德芙，看着就有点腻："这么说，我们谁都没甩谁，压根儿就没分手？"

杨悦一愣："那现在就算正式分了。"

"凭什么？"林正信反驳，"我不同意。"

"你有什么资格不同意！"

"你就承认吧，在这个世界上，除了我，你喜欢不上别人了。"

"我不承认。"

"那我承认——"

"你承认什么？"杨悦问。

"在这个世界上，除了你，我喜欢不上别人了。"

杨悦抬头看着天花板，半晌才说："信不信我骂到你哭。"

"要不要再比一场——"

林正信话音未落，杨悦的眼泪就止不住地涌下来，很快便流进了一个温热的胸膛。

06

男孩少年时，自以为爱，要为某个人撑开全世界，狂妄而不可一世。稍大些，他开始用欲望代替一切，仿佛征服她就是征服了全世界。待到独立成人时，他才明白，自己根本无法承担一场爱情，残酷的竞争里，他只有先征服自己，去明白责任的意义。

女孩少年时，并不懂爱，企图要全世界的虚荣。稍大些，她知道不能有那么大的野心，于是只要某个人全部的关心和纵容。待到独立成人时，她才明白，只要是他，就够了。

后来，他们都长大了。

她问他："为什么骗她要考研，不跟她走？"

他说："你这么好，我凭什么让你等我？"

"为什么后来不找我。"

"出差去北京，想找你，你那时准备要订婚了。"

"电话呢？"

"什么电话？"

"为什么停机？"

"你再打一下试试。"

她拿出手机，不假思索地拨出一串号码。

这一次，通了。

从你叫什么名字开始，
然后才有了一切

如果学生时代的感情是青涩、懵懂，是一时情急说出兵荒马乱的"跑十圈"；那么后来"20分钟的时限""塑胶跑道变公路街道"，都是楚楚清醒而刻意地为感情增加的难度。

不过这出戏里最重要的角色反而是站在幕后的总导演苏峰同学。他兵不血刃，尚未露面就剪除了两大最有竞争力的追求者。此后从护花男闺蜜晋升为知心男朋友，自然是顺风顺水的事。

我的学长张继桐·后篇

01

天津的海河白日里也是漂亮的，那种漂亮更可以说是一种气魄，因有着大海奔腾的蔚蓝血液，因有着层浪拍岸的阵阵声响。

没有两岸掩映的垂柳与灌木，就是那样直白可见的两条堤岸，甚至没有栏杆，甚至你可以随时纵身跳进去游水。我去的那日，没有太阳，河风吹在我脸上，给人以苍白、惨淡的凉意。

不知为何，我反倒觉得那是舒畅的。张继桐摘下他用来耍酷的墨镜，稍长的刘海被风吹起，划过一个弧度之后成就了他那销魂的中分。

我大叹一声拍腿而起，对着那海河朝张继桐吼上一句："女人如衣服，兄弟如手足。跟嫂子分了怕什么，迟早还会有的！"

他苦笑，摇头不语。

我说："来来来，要不咱先拜个把子！"

此情此景，我真是恨不能立马摆个香案，割二两猪头肉，再打两坛酒，与之痛饮三百杯，借酒浇愁！

面对我一脸的侠情万丈，他丝毫不受人性光辉的感召，反问：

"你这是要我多条胳膊，还是多条腿？小白啊，你心理怎么能这么变态？"

"我可以炸毛吗？"

"完全可以。"

"再见。"

张继桐继续无视我，说："我第一个喜欢的，是我高中同学。"

"男的！？"

"滚。"

02

17岁的张继桐骑着那辆他老姑留下来的飞鸽牌自行车，于正午时分狂奔在烈日之下。踏板、链条和车轱辘之间发出一种精致难得的金属声。

张继桐自然不会知道这种声音以后是再也听不到的了，他也不会在意这些将亡的细节。他关心的是这偌大的天津卫里，哪一家饰品店可以买到沈萱手里那个一模一样的小熊钥匙圈。

这年张继桐读高二，沈萱是他偷偷喜欢的女同学。

那天早上她最心爱的小熊钥匙圈被同学不小心踩坏了，他不想看到她闷闷不乐的样子，便趁着午休时间开始了一场疯狂"淘宝"的路程，哪管自己吃没吃上午饭。

斑驳的树影落在他汗透的T恤上，夏日午间灼热的阳光让汗水更莹亮。他一次次推开商店的门，一次次失望而去，却又在一个转身后毫不犹豫地继续寻找……

初恋是什么？

大概就是女生拿到新钥匙圈时绽放的赧然微笑、怦然而来的心动和眼角偷偷看向的地方；是男生使不完的蛮力、浑身的汗水和极易满足的傻傻笑容吧。初恋的美妙源于其不可逆，但凡扯上第一次的冠名，总是看得最要紧。

一场"偷偷喜欢你"变成"我想和你在一起"。

那时的恋爱，是在一起做功课，是推着自行车绕一段远路，是过生日时混在人群里悄悄送的一份礼物……家长老师似乎总对成绩好的同学抱有宽容的态度，于是在他们睁一只眼闭一只眼的情况下，张继桐依旧为沈萱补习着功课。

后来高考，沈萱落榜，张继桐则来了南方念大学。时间和空间，让初恋的青涩与美好都成为过去时，彼此怀念的不再是爱情，而是爱情来过的岁月。

小熊钥匙圈上的钥匙终究被取了下来。

03

海河边的长椅上，迎来一阵沉默。

我忐忑地想：咦，怎么不说了？若是要讲嫂子的事，那前奏也忒长了吧！难道是轮到我自曝初恋的节奏？不太科学啊……

幸好张继桐没多久就转过来问我："知道我为什么跟你说钥匙

圈的故事吗？"

我摇头，转念又闪电般猜测："好马要吃回头草？莫不是你初恋回来找你，然后上演了一出狗血偶像剧，于是嫂子离你而去？"

他："你是用脚思考的猪吗？"

我满头黑线，但韩剧情节还残留在我的天灵盖上闪闪发光："哦……那麻烦你能说明白点儿吗？我明明问的是嫂子的事，你却跟我讲了半天初恋，几个意思？"

"就是做个比较。"他目光微沉，"有的人很美好，但后来感情淡了，彼此不再那么喜欢，于是自然而然分开。比如得了场伤风，过去就好了。"

我插了个嘴问："那嫂子是？"

"像过敏，一辈子好不了。"

我好像有点儿懂他的意思了：有的人，比如初恋，是昙花一现，不如怀念。有的人，大概轻易放不下，又或许是再也放不下。像过敏源，碰一次过敏一次，想一次难过一次……

04

袁小月是个肉嘟嘟的姑娘，不爱逛街、不爱韩剧、不爱锻炼，唯一的爱好就是看小说。张继桐刚毕业实习那会儿，他和袁小月还只是同事，他对袁小月的印象也停留在"一个时刻捧着手机的小胖妞"上。

后来部门组织聚餐，他坐在她身边，忽然发现那个小胖妞很细心地记得每个人的口味，被大家调侃时也会露出调皮的笑容。他忙着与同事吹牛说笑，她忙着低头刷小说，除了他偶尔凑上去问一句"看什么呢，这么认真"之外，再无太多交流。

他时不时地侧过脸看看袁小月，带着一种很轻松、很舒服的表情。

他忽然问："真这么好看？"

她抬头，认真想了想："反正应该比你敲的代码好看。"

说完，他们都笑了。后来的后来，他们在一起。他越发觉得，嗯，是她了。

2014 年 9 月，张继桐立在手机柜台前，指着一排索尼的新机问袁小月："你喜欢哪一个？"

"其实我的手机还能用，也不是非得换。"

"少废话，也不知道是谁成天在家里嫌手机屏幕太小，看小说不爽的。"张继桐指着最新款的白色索尼，说，"这个不错，屏幕 5.2 英寸，够你看了吧？"

袁小月扁扁嘴，眼里有藏不住的甜蜜笑意："够啦！"

买完手机，张继桐牵着袁小月肉嘟嘟的手逛到了王府井。路过花店的时候，张继桐走进去抱了一大束香槟玫瑰出来，捧到袁小月眼前。

袁小月俯身嗅了嗅，一脸享受："表现不错。"

她知道张继桐是个不懂浪漫的人，这也是她第一次收到张继桐的花，便任凭招摇的笑容在玫瑰香气里晕开来。

傍晚，张继桐在西餐厅预定了位置。侍应生见到袁小月捧着大束玫瑰，凑上来问张继桐："先生，请问今天是什么特别的日子吗？"

张继桐一愣。

他望了眼袁小月，颇有些神秘地笑着告诉侍应生："是我们认识 1000 天。"

侍应生恍然大悟，说："那我重新帮您安排靠窗最好的位置。"

"谢谢。"

这家高级西餐厅他们之前一直想来，可惜菜单上的菜价总叫他们望而却步。

牛排吃到一半，袁小月小声说了句："其实你不用定这家的，太贵。"

"前两天刚发了工资，还不允许我们任性一回？"张继桐把自己的牛排分了一半到袁小月的盘子里，"多吃点儿。"

"别再给我了！我这么胖，都是你害的！"

"好，全赖我。"

小提琴手走到他们的身边，《爱的礼赞》旋即在琴弦上缓缓流淌。侍应生走过来礼貌地欠了欠身说："这是我们餐厅特别赠送的，祝贺二位相识 1000 天，希望二位在我们餐厅用餐愉快。"

这额外的惊喜无疑成为一顿饭的高潮，袁小月有些激动得开不了口。

张继桐想起自己辞职办培训班那大半年，自己财政危机到连泡面都要省着吃。若不是袁小月隔三差五地把冰箱塞满，若不是她一次次替他交水电费、话费，若不是她反反复复鼓励他别放弃，若不是她守在几近绝望的他的身边，他定然要熬不过失败的痛苦。那必然也无法拥有重头开始的勇气，一步步成为现在的模样。

他爱那个小胖妞，一个比他更具韧性的姑娘。

他喜欢两个人在一起过日子，为油盐酱醋吵架再和好；喜欢自己在敲代码的时候，她在一旁看小说；喜欢周末窝在家里，烧饭、拖地、洗衣、晒被……他们可以不用说太多的话，像老夫老妻那样享受源自默契的安宁。

小提琴悠扬的旋律仿佛还在耳边回想，精致的美食还留着余香在唇齿间，窗外入夜后的北京忽然变得更加美丽、迷人。

张继桐紧紧地拉着袁小月的手，在王府井的人流里慢慢穿行。华灯初上，霓虹变成镶嵌于情人眼中的海市蜃楼，柔软而梦幻。

王府井的教堂，是当初张继桐对袁小月告白的地方。

他们站在当初站过的地方，相对而望。

袁小月粲然一笑，圆润饱满的脸让她的双眼化作两道招牌的弯月："好了，你说吧。"

张继桐忍不住伸手将她搂在怀中，却什么都说不出口。

她回搂住他，轻笑："还怕肉麻啊？"

他越发搂紧怀里那熟悉的温度，对着她小小的耳朵说："我爱你。"

"我也爱你。"

"可不可以，不分开。"

她将脸埋入他的肩窝，仿佛在一瞬间被抽去所有的气力："我们说好的，我放手，你也放我走。"

"我会说服我妈。"

"你很累了，我不想你再为难。"

袁小月最后抱着那束香槟玫瑰走了，教堂前只留下张继桐一个人。他想去追她，却跨不出半步。爱情在一千个日夜后结束，袁小月为他付出那么多，最后仅仅是要他在分手前记得送一次花给她，要他带她去吃一顿大餐，要他在教堂前再做一次告白。

这一天，他能做的都做了，却又像什么都没做过。下午买花的时候，他才发觉自己过去竟从没送过花给她，连后悔都迟了。

说好了要和平分手，说好了要再见，说好了这次不要有遗憾，可为什么到头来还是什么准备都没做好？他的眼里除了失落，还有空洞。

彼此放手的时候，眼里的泪是热的，心里的声音是不舍，并不是爱情有多么伟大执着，而是他发现非她不可。她是他怜惜的花朵，是他绝望时予他光亮的星火。他知道，自己再也找不到那样的温热，暖到让他许下一生一世的承诺，叫他明白越是平淡的就越是深刻。

05

海河虽宽，但河上有桥，可以让人从此岸抵达彼岸。

人心虽小，但世俗横亘，难以让人不负如来不负卿。

"为什么你妈妈反对你和她在一起？"我小心地问。

"她是农村出来的，而我妈一直希望我娶个城里的女孩子。去年我带她回天津见我妈，我妈不同意。"

"就没争取下？"

"一年了，我妈还是不肯松口。"

"你妈觉得她配不上你？"

"其实，是我配不上她，还耽误了她。"张继桐叹了口气，"小白，我以前没告诉过你，我家其实是单亲家庭。我妈是个要强的人，当年跟我爸离婚后就再没嫁人，为着一口气还改掉了我的姓。她这些年的不容易只有我知道，除了我，她也没有别的依靠。她是想我好，想我有个更体面的婚姻，又有什么错？她就是不明白我要的是什么，而且我非要和小月在一起的话，小月嫁过来的日子免不了要受更多苦。"

"所以后来是你提的分手？"

"不，是她。"

天津卫的风很大，我再也说不出天涯何处无芳草那样的话。

《何以笙箫默》有句洗脑程度极高的对白——如果世界上曾经有那个人出现过，其他人都会变成将就，而我不愿意将就。

张继桐在海河边轻描淡写地说出那句"小白啊，这次你哥我打算单身一辈子"的时候，是真的不愿将就吧。

两个人爱得正好，又无过无错，就是走着走着就散了。或许是累的，或许是爱的，或许只是挣扎后再也挽回不了的。

至于那只作为分手礼物的手机，牌子是索尼。

当索尼还叫索尼爱立信时，简称索爱。

此时是否可解为：一生，所爱。

"好虐。"

"我很担心她。"

"怎么能这么虐？"

"以前都是她照顾我。"

"我想我要连看三天新闻联播。"

"现在我怕没人照顾她。"

我自顾自感慨，他自顾自看海。转眼，我们起身，重又沿着海河往前走，争论着未来的份子钱是打欠条还是转账支付宝，说说笑笑，就好像什么故事都被留在了身后。

可是，似乎也不是什么都留在背后，因为背上的行囊重了，脚步也稳了。一辈子好长，却难如意，有些事非你不可。不幸是，世俗不放过。我愿意执拗地一个人生活，却盼着有个人能照顾你。

直到你忘了我……

海拔 4000 米，你要怎么跑进 20 分钟

一分钟该有多长才能盛得下海拔 4000 米的念念不忘？

周末加班，陶锐离开公司时已然半夜。路过街口夜宵摊，老板娘仍是托腮看着那台纯平电视，芒果台里胡彦斌唱了一半《你的背包》。夜里冰冷的空气把歌声强压进耳朵，陶然迈不开步子，如同溺水将死。

老板娘发现了立在门前的人，远远问他要吃什么。

他摇头，在迎风泪流出来之前，仓皇而逃。藏身于未灭的一盏盏路灯之下，于是姑苏城里有了他的影子，也就有了他唯一的安慰。

他的手机屏幕亮了，又再暗下去，如此反复。想起那个六朝的金陵，早已闻不见旧时的秦淮。

2000 年，陶锐六年级。因为放学没早早溜掉，他无奈被文娱委员逮着去出黑板报。那年头小学黑板报还有专门的模板书，大约是一本 32 开、彩色或是黑白的小册子，书店都有卖。

文艺委员顺路拉着陶锐去楼下的班级借模板书。他自然满脸不

情愿，像是谁抢了他小浣熊干脆面里的闪卡一样。

陶锐双手插在兜里，慢吞吞地晃到楼下，看见文娱委员已经站在教室门口，熟门熟路地说："楚楚，我来借板报书。"

陶锐立在文艺委员身后，他比文娱委员稍微高一些，探着头就能看到有个扎着马尾辫的女生从教室的阴影处走到门口的光亮中。光影如魔术般衬得那个叫楚楚的女生越发可爱，清亮亮的大眼睛眨巴眨巴，笑起来像一颗上好佳八宝糖。

"喏，给你。记得早点还回来。"楚楚的声音好听，甜甜的。

"没问题，谢谢啦。"说完，文娱委员拿过板报书，赶紧拖着陶锐回去出板报了。

原本挺机灵的陶锐，半句话没说，光顾着想——楚楚长得好漂亮啊！

天知道小学六年级怎么就懂什么是漂亮，反正这种好感一下子就从陶锐的内心滋生出来，继而生根发芽"砰"地一下破出心房。

小学毕业，大家直升初中，陶锐分在二班。

冬天，他和几个男同学在走廊玩闹，一眼瞥见有个身影相当眼熟。当他定睛细看，认清那个抱着一沓本子走进隔壁三班的女生是楚楚时，他已被其他男生挤到墙角，挤出了一脸"满江红"。

上数学课的时候，老师在上面讲一元一次方程，他在下面乐呵呵地想一些重大的人生议题：

比如楚楚还记不记得自己，比如该怎样制造机会偶遇……

他开始有那么点关注她了，每次从她们班路过都会去寻找她的身影。至于她是英语课代表这种情报，早就掌握得妥妥的。谁叫他是英语老师办公室的常客呢！

单词重默、课文重背的时候，他总会不自觉地头一个冲到办公室蹲点，挂羊头卖狗肉，变着法儿制造和某人的偶遇。

不知道是不是陶妈妈在暑假煨了太多次鸡汤，总之，陶锐跟吃了催化剂似地开始发育。令人烦躁的炎炎夏日和突然袭击的荷尔蒙联手酝酿了他一脸的青春痘，那画面就像是武林高手运功逼毒失败，惨遭毒发。

初二分班那天，陶锐缩在教室的角落，恨不得把自己裹成个阿拉伯人。

墨菲定律告诉我们，越是不想发生的，越有可能发生。好比一个女孩子化了美美的妆出门，总是连 0.5 个帅哥都碰不上，但有一天她素颜出门，呵呵，可不就到处都是有风度的男生么！

所以，上帝是很任性的，喜欢把人最难看的一面展现在最美好的人面前。楚楚不仅和陶锐分在一个班，更坑爹的是老师把她的座位安排在他前面！

这玩笑开大了，吓得陶锐当时差点逃进男厕所，对着镜子进行自我催眠，骗自己还长着毒气攻心之前那张小清新的脸。

学生时代，同桌和前后桌绝对是最魔性的位置。谁能打包票，年少无知那会儿，没对自己课桌方圆一步之内的小伙伴，产生点水晶之恋果冻那样的小心思？

反正，依照陶锐这种设定，肯定是逃不过的了。

索性射手座的陶锐天生比较乐天、逗趣，人缘也不错，所以从各种借笔、借笔记到每天收发作业时的斗嘴耍赖，他总能变着法儿把前面座位上的楚楚逗乐。

后来同桌悄悄问他："你是不是喜欢楚楚？"

他说："我靠！谁说的？"

隔壁排的同学某天也来问他："你对楚楚是不是有意思？"

"没……没意思。"

结果，连班级里坐在第一排，跟他从没说过几句话的女生都知道坐在最后几排的陶锐摆明了喜欢楚楚这件事儿。

全班跟那儿助攻，陶锐还能忍住？

他趁着体育课自由活动那空档儿，跑去跟楚楚表白。那天操场上的风很大，他怕楚楚听不清，所以把"我喜欢你"这四个字前前后后说了三遍。

嗯，重要的事情说三遍！

深秋的阳光，有麦芽糖的颜色和味道。他们踩在泛黄而柔软的秋草上，彼此陷入了短暂的沉默。

陶锐急了，忽然靠近半步："你倒是给我句话啊——"

楚楚有些慌了，不知道要说些什么。她埋下头掩饰内心的慌乱，随手指着一旁的 400 米塑胶跑道，胡说了句："那你去跑十圈吧。"

说着，她绕过陶锐，红着脸跑回了女生扎堆的地方。

一群女生围过去，问楚楚他们说了什么。楚楚捂着脸笑笑，继而摇头说："没什么，问我借作业呢。"

她的目光，不自觉飘向操场草坪的方向，却发现那人不见了。

她又放眼去搜寻，果然看到跑道上多了个挺拔的身影，像一阵飞奔、张扬的风。

她忍不住嘀咕了句："笨蛋。"

陶锐最后一个回教室，上课铃正好打响。他腰上系着校服，满头大汗地歪在门口喊报告。英语老师问他："干什么去了？"

他好不容易喘上来一口气："一不小心多跑了两圈。"

"怎么就没见你一不小心多背两个单词？"英语老师没好气地催促他，"赶紧进来上课。"

陶锐死狗般趴在课桌上"休养生息"，期间还不忘用笔头偷偷戳楚楚的背，惹得楚楚挺直了背一个劲儿往前靠，叫他碰不着。

他没劲地伏在课桌上装死，心里怪不是滋味的，也弄不懂自己那十圈是不是白跑了。陶锐就这么郁闷了一节课，本想下课后找楚楚问个清楚，谁知道楚楚一下课就离开了座位，故意躲他似的。

临上课，他在课桌里掏下节课要用的课本，结果掏出一瓶可乐，接着就咧开嘴笑了。

因为从他的角度望去，刚好能看到楚楚的课桌里也放着一瓶。

初二期末考试，学校要根据期末成绩分班，陶锐的数学成绩考了全校第一，虽然英语成绩惨不忍睹，但好歹靠严重偏科挤进了全校前十，成为老师眼中的香饽饽。

相对，楚楚的发挥并不理想。陶锐觉得是自己影响了楚楚的学习，态度一下子冷下来，以为这是自己对她好的一种方式。

初三一整年，尽管在一个班，楚楚愣是再没和陶锐说过话，连带着看他的眼神也是冷冷淡淡的。

陶锐其实早就后悔了，可楚楚再没给过他跑十圈的机会，直到毕业。

毕业时，学校组织大家看了场电影，散场后同学都在彼此交换QQ号和手机号。陶锐不经意走过楚楚身边，不经意记下两组数字。

2004年，高中。陶锐与楚楚不再同校，开始了各自的生活。

陶锐从每月400元钱的生活费中省出钱来买了个二手诺基亚，主要是为了挂QQ。他有了手机后的第一件事，就是加楚楚的QQ，给她发信息。

从三角函数的公式太多聊到苏东坡的《赤壁赋》太难背；从隔壁最奇葩的老师谈到同桌愚人节的恶作剧。

陶锐像是有说不完的话要对楚楚说，不说到楚楚缴械投降不罢休。

高一那年临近"五·一"假期时，他发消息问楚楚：如果你愿意的话，我可以去你们学校跑十圈吗？

楚楚回他：我们学校门卫很严的，你有本事进来再说。

周六补习结束，楚楚刚走出校门，就看到陶锐如约出现在校门口，穿着不知哪里搞来的本校校服，一脸得瑟。

"你们学校的跑道多少米的？"

"400米。"

"是不是还有个小操场来着？"

"那是篮球场。"

"要不我去跑那个？"

"我先回去了。"

陶锐乖乖地站上跑道，目光随着白色的跑道线延伸。一瞬间，他感觉浑身都是劲儿。

他转过身，看到楚楚抱膝坐在跑道边的草坪上。五月的风软得似棉花糖，轻轻吹起她额前的刘海，露出光洁的额头，漂亮得不像话。眉眼逐渐长开的女生，开始有楚楚动人的气质。

楚楚伸手看表，清清嗓子，说："给你 20 分钟跑完。"

"为什么！上次都没规定时间！"

"你还有 19 分 50 秒。"

他仰起头大叫一声，大步飞奔，少年如风。

当陶锐累得瘫在楚楚身边的草坪上、完全没气力开口时，一瓶可乐出现在盛大的日光之下。他抬手拿过可乐，乐得合不拢嘴。

"呲——"二氧化碳从拧开的瓶盖缝隙里涌出来，无数小泡泡瞬间冲到瓶口，一下子全溅在陶锐满是汗水的脸上，既狼狈又滑稽。

"哈哈哈哈！"楚楚清脆的笑声自他头顶传来，混着日光的温度传进他的耳里，叫他入了迷。

他随她一道笑起来，那感觉，比喝完可乐以后再舒舒服服打个嗝还要来得爽快。

那么问题来了，不在同一所高中所产生的距离有多远？

堪比我国海峡两岸，沟通一直在民间，从未见官方正式登场。周末，偶尔互通有无，还要打着各种逛书店、去图书馆的幌子，也是累人。

高二暑假，初中同学聚会，有人无意间说起楚楚在他们高中被众多男生追求的风光，有心人又刻意夸大了在酒吧门口看到楚楚的见闻。这些事搁在陶锐心里，日积月累成一块毒瘤，不除不快。

年少时，人眼里哪容得下沙子，陶锐也不例外。他与她冷战，什么都不开口，什么都闷在心里。那些流言，他越琢磨越不是滋味。

陶锐终于对楚楚说："我们还是做好朋友吧。"

这个世界上，如果给学生时代所有自以为是的作死起个名字，那么一定是欠抽！如果要在这前面加个有力的定语，那必须是"真欠抽"！

楚楚看着她与陶锐之间那条名为"好朋友"的分界线，慢慢地笑了。或许男生都以为，这种退而求其次的友谊可以存在。大家各自成为各自的旧爱，又各寻新欢，正好两不误。

然而，所有的"好朋友"，不过是换了一种方式的等待与陪伴。他们相识的第六年，陶锐以为，他们已是彼此信赖的朋友。课业上的相互帮助，情感上的相互分享，生活上的相互支持，一直在加固着这份"友情"。

2006年，高考结束，陶锐在盐城念书，楚楚在苏州。

他告诉她：他恋爱了，他分手了，他又恋爱了……

她告诉他：她要参加英语比赛，她要竞选学生会主席，她要去背包旅行……

辗转几个学期，陶锐才从旁人口中得知楚楚似乎有过短暂的恋情。

大三结束的那个暑假，他们都回了南京，约一群好友出来小聚。人散后，陶锐送楚楚回家。夜幕下的新街口终于褪去了一身繁杂，被霓虹映照出迷离的幻象。

他不经意问她，大学有没有人追。

"当然有啊，"她停下脚步，立在路灯照不见的阴影里，笑着说，"很快就分手了，朋友都说他长得像你。"

"长得像我怎么了？不是很帅吗！"

"认识你一个就够了，还嫌我看不腻吗？"楚楚笑起来，依然楚楚动人，"你呢？最近没有新动静？"

"我对找对象这件事一点兴趣也没有，可能是之前谈多了，现在反而想好好学习，天天向上。"

"那我等着你成为学霸。"

毕业的时候，陶锐仍没成为学霸，却去了昆山工作，而楚楚在苏州实习。

这个社会对人的要求近乎脱节，当你还顶着学生这个头衔时，所有的要求和标准都可以降低。可一旦毕业，全世界的不成熟都一下子和你没了关系，所有人看你的目光就瞬间挑剔起来，叫人没有一点点防备。

　　两个人离得近了，联系也就频繁起来。他们初入社会，发现现实与梦想背道而驰，唯一能做的就是在坚持中舔干净身上那些新鲜的伤口。

　　渐渐地，他们相互吐槽永无止尽的加班，在纠缠不清的办公室政治里寻找笑点，也为同事、朋友们那一场场婚礼的份子钱而发愁……

　　往日的默契拉近了距离，在远离家乡的地方，他们相靠相依。他懂她的笑，她明白他的好，于是他们开始相信——就是这个人了吧。

　　陶锐去苏州找楚楚，两人约在观前街吃饭。

　　她缓缓落座，顺手轻轻抚平裙摆的小折痕，问："为什么选昆山的工作？不回南京吗？"

　　他松开休闲西装的扣子，笑着将目光落在眼前那张扫了淡妆的姣好面容上："因为离你近啊。"

　　她莞尔一笑，精致的眉眼格外楚楚动人："现在还跑圈吗？"

　　"那要看你还给不给我这个机会。"或许毕业就意味着成熟，这次他不急着给出回答。

　　"从这里，到我住的地方，差不多4公里，"楚楚微扬起嘴角："待会儿吃完饭，你要不要试试？"

　　"20分钟？"

　　"20分钟。"

晚上9点21分，楚楚立在单身公寓楼前，看到陶锐狂奔而来，带着比学生时代更有力量的风。

陶锐喘着粗气，好不容易缓过来："多久？"

楚楚关了手机显示屏，递了瓶可乐给陶锐："刚好20分钟，看来你平时有练啊。"

"哈哈哈哈，那是！"他拿过可乐，仰头喝了大半，喝得有些不定心。

2012年，毕业两年。异地恋大多熬不过消磨，他们也不止一次因为分隔两地而争吵、冷战。陶锐一心扑在工作上，给自己的压力很大。他总想着熬过这段时间，一切就会好起来。

楚楚劝他回南京发展，他却始终不放弃这相对陌生的城市，要在这里继续寻找更大的机会。

七月十日，他们说好要约会，陶锐却临时被上司叫去接待客户。他试图跟楚楚解释原因，而楚楚却不想再接受他的解释，两人在电话里争锋相对，僵持不下。

末了，陶锐精疲力竭地说："分手吧。"

这时，楚楚正立在平江路的头上。樱花粉大衣，卡其色踝靴，优雅完美的妆容。她如瘦削的雕塑立在那里，美如橱窗里孤独的展品，路过的人都会忍不住看上一眼。

她平静地对着电话说："陶锐，我们不要再联系了，永远。"

这天，是她的生日。

陶锐从没想过楚楚就此消失在他的生活中，她换了手机号，QQ 拉黑，仿佛从没来过他的世界。等陶锐察觉到这些，他才明白太迟了——楚楚走得太彻底了。

他把自己埋进工作，拼命让自己忙起来，拼命加班，拼命让自己没有时间想楚楚。半年后，陶锐换了工作，到苏州工作，却辗转得知楚楚已回了南京。

一年后，他在苏州收到楚楚的喜帖。

周末加班，陶锐离开公司时已半夜。路过街口夜宵摊，老板娘仍是托腮看着那台纯平电视。芒果台在放《我是歌手》，胡彦斌唱了一半《你的背包》。

"一九九五年我们在机场的车站 / 你借我而我不想归还 / 那个背包载满纪念品和患难 / 还有摩擦留下的图案

你的背包背到现在还没烂 / 却成为我身体另一半 / 千金不换它已熟悉我的汗 / 它是我肩膀上的指环……"

夜里冰冷的空气把歌声强压进耳朵，陶然迈不开步子，如同溺水将死般窒息到不能呼吸。

老板娘发现了立在门前的人，远远问他要吃什么。他摇头，在迎风泪流出来之前，仓皇而逃。

藏身于未灭的一盏盏路灯之下，于是姑苏城里有了他的影子，也就有了他唯一的安慰。他的手机屏幕亮了，又再暗下去。如此反复。

他仍然没有下定决心，是否要出席楚楚的婚礼。

2015 年，春深日暖。陶锐站在楚楚面前，看她身披雪白婚纱，饱满的红唇畔漾起透着烟火气的幸福弧度，楚楚动人。

他将厚厚的礼金捏在手里，抬眼望进新娘如水的眸中："在祝福你之前，我有个问题。"

楚楚握紧手中的捧花，抿嘴浅笑："什么问题？"

"此时此刻，你还愿不愿意给我一个为你跑圈的资格？"陶锐牵起嘴角，全是涩味。

"陶锐，2012 年我去云南，看到玉龙雪山的时候就想，如果塑胶跑道的 4000 米换成海拔 4000 米的话，你要怎么跑进 20 分钟？"

陶锐收回目光，自嘲："原来，你对我来说，早已遥不可及。"

海拔 4000 米，他们的感情，在一次次相互折磨里已有了这样大的难度系数。是在陶锐一次次临时加班之后？在他禁止楚楚与异性朋友联络时？还是在楚楚独自去医院挂水之后？还是在她发现陶锐与女同事的暧昧微信时？

婚礼进行曲响起来的时候，陶锐想——

如果那年他没有牺牲假期接项目，而是陪楚楚去云南旅游，结局会不会不一样？

如果他没有执着于昆山的工作，而是一开始就跳槽去苏州，今天的新郎会不会不一样？

如果 7 月 10 日那天自己拒绝加班，第一时间赶到苏州为楚楚庆生，他们会不会不分手？

又如果，上次跑向楚楚公寓的 4 公里他不坐公交车，跑不进 20 分钟，他们会不会一直只是好朋友？

……

如果学生时代的感情是过家家，是青涩，是懵懂，是幼稚，是一时情急随口说出的那个兵荒马乱的"跑十圈"；那么后来"20 分钟的时限""塑胶跑道变公路街道"，都是楚楚清醒而刻意地为感情增加的难度。

在这段感情里，她一直是被分手的那一个，她更需要勇气和借口，治愈曾经受过的伤，重新相信那个愿意为她跑完全程的人。

就像，那天晚上，9 点 21 分，楚楚立在单身公寓楼前，看到陶锐狂奔而来时，偷偷藏起来的 1 分钟。

1 分钟该多长？才能盛得下，海拔 4000 米的念念不忘。最后，楚楚仍没有回答陶锐的问题，只莞尔："老同学，今天记得多喝两杯。"

你有没有对旧爱念念不忘，固执地认为自己永远都是那个人的最爱，朱砂痣或床前明月光，尽管那个人再也没有这样说过？

你想念一个人，会不会只是因为她给你的记忆最长？你爱上一个人，会不会只是希望她永远都在等着你？为什么我们总是要通过相互伤害来证明爱情？

直到失去了才明白，爱情是曾经来过这个世界的……

恋爱太自由，你懂事给谁看

晚上七点半，我给死党石曼发消息：刚加完班，出来撸串吗？

她回：不撸，正在去城南路上，明日再约。

"你大老远去城南干什么？"我赶紧给她打了个电话。

"刚好城南有个饭局，我去排遣一下空虚的人生。"

"你是缺男人缺的。"

"对啊，姐姐我就是去找男人。"

"等一下！你什么时候有的男人？"

"请随时关注姐姐的朋友圈。"

说完这句话石曼挂掉了手机，我对着慢慢黑掉的屏幕翻了个白眼，决定回家下碗泡面。

临睡前，我想起来去刷石曼的朋友圈，没想到还真刷出两张自拍照！

照片选的角度很微妙，石曼露出了她清丽的脸蛋，但那谁却只拍到半张脸，一个单眼皮、看着清清爽爽、尚有几分姿色的男人。

自拍配的文字是：真的很高兴，遇见了你。

我默默地在评论里留下四字：严禁虐狗。

第二天，石曼打电话问我："今晚约吗？"

我说："约！天崩地裂也拦不住我对你严刑逼供的决心！"

那晚石曼的心情似乎不佳，脸色不红润，表情也没有恋爱中应有的雀跃。在露天的烤串摊儿坐定后，没等我开口，她先问："你看到照片没？你觉得怎么样？"

我一愣，感觉哪里不太对劲，小心答道："感觉还不错啊。"

石曼单手支着脑袋，叹了口气："之前分手了，昨天刚复合。"

我才送到嘴边的烤串，又被我吃惊地退了回来："我瞬间自行脑补了好多狗血戏码。"

"正经点行不行？说事儿呢！"

石曼拿起筷子，沉着脸，有一下没一下地戳着盘里的烤秋刀鱼。看她的样子，大概是钻牛角尖了。

听说，顾泽是石曼公司的甲方，他们在一次策划提报会议上首次照面。

会议室里，顾泽坐在石曼对面，埋头看手里的文件，时不时抬头望两眼领导和PPT，时不时对上她的目光，朝她一笑。

顾泽单眼皮，戴眼镜，瘦高个，有着干净利落的发型和能言善道的幽默个性。好似上天刻意安排的一样，至尊宝偶然间拔出了紫霞仙子的紫青宝剑，段誉在曼陀山庄意外邂逅了神仙姐姐，顾泽看上去符合了石曼对恋人的所有期待。

金风玉露就摆在眼前，石曼没道理不去相逢。

她"假公济私"加了顾泽的微信，用吐槽互黑的模式增进感情。她假装嫌弃他不够绅士，他就玩笑着回复她也不算 Lady。

她说，那不刚好狼狈为奸？

他就说，难道不是天生一对？

每一次聊到最后，总是她词穷舌拙，只好乖乖缴枪认输。如果暧昧是一段感情的开始，石曼觉得顾泽至少是对她有感觉的，不然为何陪她进行这场你来我往的游戏并且乐此不疲？

他们一起吃饭、逛街、看电影，他会自然地牵过她的手，过马路轻轻搂住她的肩头。顾泽满足了她对爱情的幻想，让她失去了判断，所以她不会看到每一次约会都是她迁就他的时间，每一场关心她都给得卑微而体贴。

这段感情里，石曼付出的，比顾泽多太多。

任谁再聪明，也会在爱情里过敏。没过多久，石曼自以为命中注定的恋爱关系，就如巨大泡沫般骤然破碎。流言里，顾泽来者不拒，现实里，顾泽居然早有女友，一个在石曼眼里样样比不上自己的女人。

石曼挑了个烈日高照的中午，与顾泽翻脸。

她问："你这算出轨吗？"

"我还没结婚，当然不算。"顾泽的表现超出石曼的预期。她以为，他至少该有一刻慌乱和歉疚。

"那我算小三咯？"她沉住气，反问。

"我说了，在结婚之前，谈多少恋爱都是自由的。"

按石曼以往的脾气，对待这种三观不合的人，她早就掀桌子走人了。可这次她没有，她的逞强覆盖在愤怒之上："你的意思是，你不会为了我，跟那个女人分手？"

"是的。"

"那你觉得你这是喜欢我吗？"话问出口，连石曼自己都嗤地笑了。她没等顾泽开口，直接摆摆手，"呵，我现在问这个还有什么意义。"

"两个人在一起享受的是过程，而不是结果。如果是我，我不介意你有更多的选择。"顾泽依旧是一副理所当然的模样，仿佛他说的就是真理，不容置疑。

一块水晶从内部开始出现裂痕，就意味着丑陋的真相开始显现。石曼终于意识到她与顾泽之间不对等、不公平的关系。他是她认定的意中人，而他却只当她是游戏人间时的过客。

她决定离开他，却走得并不潇洒。她是个对感情挑剔，不太容易拿得起的人。所以，有些东西她一旦拿起来，就很难再放下，而且也不甘心放下。

离开顾泽的日子，石曼表现出的卑微让她自己都觉得害怕。她刷顾泽的朋友圈，一刷就是半天。她编辑了大段的微信，却又一个字、一个字地删掉。她甚至挖出了顾泽女友的照片、人人和联系方式，换着法儿注册小号看主页，却始终没有拨通电话，当面宣战。而午夜梦回，她总是被巨大的不甘心和思念折磨到再难入睡。

　　她曾鄙视这些可笑的幼稚行径，没想到如今是回过头自己打脸。看着顾泽的世界照旧运行自如，她忽然感到一丝惶恐。

　　她不过是顾泽身边的一颗小行星，甚至在逐渐退化为白矮星，失去整个星系列原本拥有的地位。她不想把原本属于自己的位置让给别人！她劝服自己回到顾泽身边，维系她自以为上天安排的姻缘宿命。

　　她说："我回来了，我们和好吧。"

　　她要试一试，她赌自己是赵敏，而不是周芷若或殷离。可她忘了，顾泽根本不是有情有义的张无忌。

　　复合那天，石曼坐在顾泽车里，问："我到底算你的什么？"

　　顾泽轻描淡写道："女朋友啊。"

　　"那好，我们拍张照发朋友圈吧。"

　　石曼企图用这种小伎俩，不动声色地逼顾泽做出选择，逼顾泽承认谁是正宫娘娘。

　　照片发了，迎来无数好友点赞，可顾泽仍旧享受着"齐人之福"，不在乎石曼刻意高调闹出的动静。石曼慌了，于是找到我吐苦水，一副走进了死胡同的表情。

　　听完石曼的话，烤串凉过一轮，我只好喊烤串摊儿的老板拿去热一热，而秋刀鱼早已惨不忍睹，尸横餐盘。

　　我猛地打开一罐加多宝，仰头饮去大半："这种人我分分钟想砍死他！"

　　"我也想啊，可是舍不得。"石曼朝我苦笑。

"送你一个字——Jian，第四声！"

我劝石曼尽早认清顾泽的渣男本质，摆脱无意义的纠缠，她却犟起来要与顾泽的另一个女友一决高下。

她说："跟一个我根本看不上眼的女人竞争，没道理最后输的会是我！我看中了顾泽，就会给他足够的空间和时间，让他看清谁才是他该选的那个人。"

我扶额擦汗，反问："你以为自己是穆念慈，一心想着挽救杨康？他要吊着你一年半载，你懂事儿给谁看？"

这世上，如果连爱情都不能具备占有欲，那还有什么感情可以？两情若不相悦，总是相害。

可石曼太骄傲了，我的话她听不进去。她不肯放下这段曾令她怦然心动的感情，也不甘心输给一个她不放在眼里的女人。她像个战士一样投入这场爱情的决斗，磨光棱角、小心翼翼地表现着大度和知趣。

接下来的两个月，石曼很少联系我，大概是怕我骂她。而我其实是心疼她的，隐隐有些不好的预感。

我们总以为，跟别人抢的，就是好东西。可万一到头来抢到的他，不是个东西，真就连个退货的运费险都没有！

很快，石曼的面前就猝不及防地摆上了一张退货申请单，但她付出的感情早已退不回去，也无人赔偿。

入秋的某天傍晚，她突然约我去逛超市。我们在她家附近的超市碰头，她穿着连衣裙化了妆，是格外打扮过的造型。她见到我，二话不说拖着我扫了一堆生鲜食材，扛回公寓烧上满桌子的菜。

我问："烧这么多干吗？懂不懂浪费可耻？"

她说："因为剁菜的感觉爽。"

"果然又忘吃药，"我翻了翻眼，"你到底又什么毛病犯了？"

石曼坐在桌边，身上系着米色围裙，长发被银筷挽成发髻盘在头上，浑身散着柔和的人间烟火气。她翻出瓶红酒，倒了一杯，仰起脖子饮尽，任凭红色液体翻滚入喉。

她微蹙着眉，忍住口中的酸涩道："这是顾泽他们公司做活动，给客户的伴手礼。他送了我一瓶，咱们今天把它灭了！"

她喝酒的阵势有点吓人，想必是遇到了什么过不去的烦心事儿，而且大半跟顾泽脱不了关系。我见她一杯接着一杯地灌自己，几度话到嘴边都没敢问出口。

眼看红酒被她喝去大半，我只得扑过去强行夺了她的酒，吼道："你喝够了没！有什么事儿说出来，别憋着！"

石曼朝我嘿嘿苦笑，然后飞快地埋下头一个劲儿去抚平围裙上的小褶皱。她或许在酝酿如何开口，如何拿捏一个语气和表情，又或者她只是在拼命忍住眼睛里的盐水，不让它落下来丢人现眼。

我揪心地看着她，良久才等到她的声音低缓而克制地响起："其实，也没什么，就是我们今天说好要见面吃饭，顾泽说身体不舒服就临时取消了。临下班，我去他们公司看他，结果撞见他跟刚入职的女同事说说笑笑，约了一起买菜做饭。"

红酒的气味在空气中弥散，压抑的悲伤和清醒的痛苦缠绕在石曼的身体上。她挑眼看我，湿润的双眸布满自嘲。

她勾起唇角，轻蔑一笑："呵，做饭谁不会啊，不过是他不配吃我煮的。"

石曼撞了南墙，终于明白顾泽所谓的婚前恋爱自由论，就是给"找备胎"扣上冠冕堂皇的理由，方便他包装自私、及时行乐罢了。

"要不要找几个兄弟，帮你做掉他？"我故作轻松地做了个抹脖子的手势，试图打破这尴尬沉闷的氛围。

谁料她没接我下茬，反而说了句了不得的话："最好的报复，是我不在乎。"

我拍案而起："漂亮！"

这一夜，石曼醉得满屋子耍酒疯，害得我差点想跟她割袍断义。我走的时候，她终于迷迷糊糊地睡下，眼角淌下今晚唯一一滴眼泪。

她以为打败对手就能赢得战争，到头来才发现，顾泽根本不会脚踏七色云彩而来。感情出去了，哪里能退货，最后无非是谁都没赢还输了自己。

从那晚起，石曼再也没联系过顾泽。

有时候，飞蛾扑火不是不可以，但要记得及时浴火重生。

世界上奇葩太多，人这一生也难免碰上几个人渣，专门负责颠覆我们的三观。这时，最好一记白眼甩过去："不约，拜拜。"

有时候蓝颜得三米开外一巴掌拍死

前段时间看了两篇有关防止红颜知己上位的文章，简直不能更同意。

但凡是个知情识趣的姑娘，都能明白不是自己的东西，要保持一定距离的道理。只是这个世界上，不仅有女人热衷当红颜，恨不得表现出母仪天下的气度，还有男人上赶着充当所谓的蓝颜，欲与红颜婊一争高下。

这难道不是病吗？蓝颜病说白了，这群人都是装，贪多嫌少，吃着碗里的看着锅里的。说文艺点儿，大抵就是既不想丢了手里攥着的白玫瑰，也不愿放过身边的红玫瑰。

别有用心这种词，就是用来形容这类玷污正常友情的男男女女的。

人要不是或多或少心存点儿邪念，哪里会有事没事就对异性嘘寒问暖一番，表现出异常的耐心和善解人意？正常的友情，不过是聚起来聊上半天，不聚起来两不相干。有事儿拉一把，没事儿微信里吐个槽，微博上点个赞、留个言而已，哪来那么多可聊的幺蛾子和过剩的关心？

要真喜欢，就别自欺欺人地借用知己之名，做过线之事。

我自个儿想得潇洒，不代表别人就能绕过自己的那些私心私欲。我听过、也看过一些事儿，真觉得"红颜""蓝颜"这两个原本挺美好的词儿被糟蹋得变了味儿。

有句诡辩论的话叫作：存在即合理。

我在"知己"的小范围上偷换个概念，也就可以说成是存在即被需求。那一波一波所谓知己的出现，难道不是伴随着出现了一批又一批愿意"被红颜"，甚至主动寻求"被红颜"的蓝颜们吗？

我自己第一次被要求"红颜"，是当年和 J 先生吃散伙饭之后。那年，他已经有了女友，我心中就算有千般不舍也不过是全部咬碎了吞到肚子里，半个字不肯多说。

他问：我们就不能像以前一样，一直做好朋友吗？

我说：不可能。

我心中憋着一口傲气，决计不会低下头来答应当什么劳什子的好朋友。一来我没有看别人秀恩爱的癖好，二来 J 先生放我这么个友情不够纯粹的人在身边，是想搞笑呢，还是想和我再发生点儿什么？

总之，我不齿。

现在想来，J 先生也不过是下意识地希望兼得鱼和熊掌，不自觉地就用那么点暧昧不清的"好朋友"三个字来蛊惑人心罢了。我反倒庆幸自己那年有点儿气性，断了自己全部作死的可能性。

我第二次见识蓝颜病的情况显然更有剧情，而且还挺可笑。

T 姑娘这个人素来是奉行玩笑吐槽请随意，要动真格的就慢慢来的基调。帅气的 Z 先生在追 T 姑娘的时候，还有个不错的 X 姑娘在倒追他。

Z 先生没有对待感情要小火慢炖的耐心，所以没多久便一条短信发过来试探 T 姑娘的口风，看她会不会松口答应交往。

几句聊下来，Z 先生见 T 姑娘言语中尚有彼此不够了解、不能草率答应之意，便话锋一转，再来条短信：那么有件事我要对你说抱歉，有个不错的女孩子这段时间对我很好，我决定要跟她在一起了。

如果故事到这里戛然而止，我尚会对 Z 先生高看几眼，觉得他即便有脚踩两条船的嫌疑，但至少坦荡敢言，做事也不拖泥带水。

不过，作就作在故事还有下半场。

就在这事儿翻篇之后，T 姑娘告诉我，Z 先生带着节日祝福的短信出现了，三两句客套玩笑之后便堂而皇之地表示非常希望 T 姑娘当他的红颜知己，探讨人生。

我好奇地问 T 姑娘：他不是有女朋友吗，你当时怎么回复的？

她挑眉一笑，露出机智的小眼神：我只说自己没有吃饱了撑的，去当红颜知己的嗜好而已。

我险些当场拍案叫好：后来呢？

她说：我话说到这份上，和拉黑之间都只差一个操作了，他就算再奇葩还能不懂？

蓝颜不是病，作起来不要命。倘若是个不如 T 姑娘那么明白果决的妹子，被一个帅气幽默的男人用来吐露心声，分担苦恼并奉为红颜知己，怎么能扛得住？怎么能不自作多情地以为自己才是最特别的那一个，以为自己才是最了解他的人？

然而，红颜蓝颜其实也不是那么重要的，一个在郁闷寂寞或游戏人间时才被想起来的角色，怎么看都不会是这场戏里的男女主角。

黄金配角再牛叉，也是配角不是？

我还想起一个事儿，挺俗的。

今年暮春，闺蜜说有个清吧晚上有小型演出，她和几个我不认识的老同学约好去听，问我去不去。

我作为一个活了二十几年都没去过酒吧的人，自然想去看看的。闺蜜与我化了美美的妆出现，她给我介绍了在场的几对小情侣，也抽空给我补了堂八卦绯闻速成课，于是我很快就弄清楚了小伙伴们之间不算太复杂的关系。

演出开始之前，Y 先生带着他的女友姗姗来迟，登对出样地齐齐落坐在我旁边的空位上。我对 Y 先生第一印象尚佳，而且接女友下班和开车不喝酒这些小事还是可以加分的。

演出结束，小伙伴们散伙走人。Y 先生顺路开车送我与闺蜜一段路，又将我在方便打车的地方放下来。

以上都是铺垫，因为事情要是没有转折还怎么发生下去？我隔天就收到闺蜜的消息，她说 Y 先生要加我微信，有事请我帮忙。

我没多想，觉得既然绕了这么一大圈来找我帮忙，若我力所能及自然会帮，便客气地加了他好友。结果，他虽以一些与我从事行业有关的问题请教我，但三句话一过主题，就从那晚他没绅士地把我送到家，讲到他看中什么宝马车型，然后又提到要请我吃饭以感谢我帮他的忙上面来了……

其实，我作为女汉子，压根儿不介意自己打车回家，对汽车也没什么大兴趣，所以不吃他有炫富嫌疑的那套。更不用提他要我帮的忙不过是顺口问同事几个问题，根本用不着请吃饭。

Y先生"醉翁之意不在酒"已如此明显，瞬间让对话无法继续了。

仅仅是有一搭没一搭的闲聊，我看在闺蜜的面子上也就随便敷衍过去了，但最令我无法容忍的是，这位仁兄冷不丁冒了句：我看出来，你一定是个很有故事的女人。

我回了句：你想太多，我没什么故事。

他：不，一定有，我看得出来。

所谓话不投机半句多，我分分钟就体会到这位仁兄一是与我气场不和，二是动机不纯。

我面儿上还算客气，只一句"我是文艺女青年"就把他的低俗话题全给堵了回去。我有没有故事跟他有半毛钱关系？我跟他不过见过一面，有什么必要探讨人生经历？有套我话当知心哥哥的闲工夫，还不如多花点心思哄好自个儿女朋友呢，这么烂俗的招数，未免太招人厌，好想三米开外一巴掌拍死！

后来，我约闺蜜看电影，随口问了问Y先生的风评。果然不出我所料，这位仁兄花名在外，不是什么善茬。

《前任攻略》里说：所谓知己就是时刻准备着发生肉体关系的不良男女关系。

真是一语道尽低俗的蓝颜病！我没有一竿子打死一船人的意思，也不否认保持合理距离的知交存在。只是在这个连"男闺蜜"听起来都变了味道的社会，太多人把持不住，太多人披了漂亮的衣服却藏着好几身虱子，重口到停不下来。

这个世上，不仅有一堆女人乐此不疲地当着红颜婊，对应地还有一群男人巴不得蓝颜病爆发。打场心理攻防战，攻陷人心防线，也好扩充后宫三千佳丽的品种，以达到"一枝独秀不是春，万紫千红才是春"的目的。

年轻又单着的那几年，谁没几个默契又投缘的异性朋友？

我们矫情地给他们冠以"知己"的名头，花大把时间聊梦想、人生，乐享朋友已达恋人未满的暧昧，无可厚非。

但当时光带着所有人回归到自己的轨道上来，让所有人遇见了新的风景时，每一场亲密的异性友谊也都会在跃跃欲试和退而求稳中获得新的定义。

有时是相忘于江湖，有时是各回各的家，各找各的Ta，有时是被极品乱入，真心想三米开外就一巴掌拍死。

少年，琅琊榜里没你名字

苏峰跟我失联那几年里，刚好是我们各自上大学的时候。

关于他人生最"风光"的大学时光，他是最近才死皮赖脸地告诉我的。当时我们正坐在甜品店里吃芝士芒果雪花冰，听完他的事儿，我趁机往嘴里送了最后一勺芒果。

我问他："苏兄，你是在演校园版《琅琊榜》吗？"

"什么是琅琊榜？"他抬头反问。

"宫斗朝斗集一身的男人基情戏。"

"别闹，我说正经的呢。"

苏峰给人印象最深的还是在高中时段，那时他是个刺头。长辈口中的逆子，男同学眼中的英雄，女同学议论的那个为爱奋不顾身的痴情少年。

他为了初恋，敢与校长对拍桌子互骂，好好一颗学习的苗子，在因为被老师家长拆散恋情以后，愣是颓废了两年，基本被所有老师放弃。后来，据说在高三时，某个尚对他心存一丝幻想的语文老师请他吃了碗变态辣的酸辣粉，不知道期间经历了什么，总之他忽然一夜顿悟，脱胎换骨。

自此痛下决心，悬梁刺股，考上一流大学，成了我们同学圈里的一段传奇。

进了大学，苏峰一举拿下校园十佳歌手头衔，借着好嗓子轻松抢尽本届新生的风头，真真叫忽如一夜苏峰来，罗马大路条条开。

中心校区学生会向他抛出橄榄枝；本院学生会骨干干事榜上有名；党团工作中心重点培养；班级里班长当得顺风顺水，各科成绩他也凭着高中的底子样样拿得出手……说实在的，这在走上社会的人眼中，简直是过家家。

可话又说回来，谁的学生时代不是作死作过来的，各人做法不同，但回过头想骂自己傻的冲动是一样的啊。

当然，苏峰想骂自己傻还不是因为那些年追求的"风头无量"，而是因为一个女生——姜心媛。

大一的圣诞晚会上，苏峰为了耍帅只穿一件单薄的衬衣站在后台候场，硬是把自己冻成一副高冷的姿态，孤零零地站在众人招呼不到的角落。他打着哆嗦连开嗓发出的音都在颤，中二地憋着股气打算待会儿一开嗓就镇住全场，好像这样分分钟能在观众席里洗出一批脑残粉。

恰在此时，晚会的女主持披着白色的呢子大衣，双手提起蔷薇般盛大绽放的红色裙摆，踩着金色的高跟鞋小心翼翼地走到苏峰面前。

她看着苏峰问："你不冷吗？"

这一刻，苏峰才意识到，自己傲娇地独自站在这里，只是为了等一个人来问他一句冷不冷，好让他有个理由靠近人群，与大家一样互抢暖水袋，嬉笑打闹。

他强忍住下巴打颤的欲望，嘴硬道："还好啊——"

他的内心戏此刻很足，心里的两个小人在瞬间已交手数个回合！

白苏：为什么口是心非！

黑苏：女生面前我可以认怂吗！

白苏：逞能很 Man 吗？

黑苏：就是很 Man 啊！

白苏：很 Man 有毛线用！

黑苏：难道承认我站这里是在装傻吗！

……

当姜心媛的脸离苏峰只有十公分的时候，苏峰的内心戏消失了，他感到有双柔软温暖的手轻轻包裹住他冰凉的手掌，那温度顷刻间贯穿了他的心脏。他受惊般看着姜心媛，看到她眉头轻轻蹙起，鼓着气瞪他一眼："撒谎，你的手明明很冰……"

她从大衣口袋里拿出张暖宝宝，塞进他手里，"给你个好东西！"

肾上腺激素发挥了比暖宝宝更强的作用，直到晚会结束，苏峰居然没有觉得冷过了。这个姜心媛，正是苏峰班里的团支书，学院院花。人美、心善、嘴甜还单纯，学生会的学长们提起她，那可都全是溢美之词，风头丝毫不输苏峰。学院学生会副主席夏某某，更是直接摆出了不把她追到手誓不罢休的架势。

夏某某追人，讲求一个以权谋私的战略战术：

先是强行带着姜心媛出席学院学校的大小会议，美其名曰培养新人；紧接着又带姜心媛参加各种学生团体组织的聚餐，推杯换盏间暧昧地模糊着两人关系的界线，造成同学间的误解和流言；最后，找准傍晚暮色四合的时机，在送姜心媛回宿舍的小路上，下手告白，强吻！

但是未遂，几次三番拒绝夏某某的姜心媛，被那个"强吻未遂"事件彻底吓坏，好一段时间死宅拒出，惹得夏某某几次三番在院校工作上刁难她。

苏峰借着班级事务与姜心媛交流了几次，敏锐地测算出夏某某在姜心媛心里投射下的巨大阴影，决定帮她一把。

他在开解姜心媛的同时，先表明了立场："我对你没有别的心思，你要当我是朋友，夏某某这件事，我给你出主意。"

苏峰平日在班级工作中建立起来的靠谱形象起了作用，姜心媛很快对这个热心富有正义感的少年交付了男闺蜜级别的信任。

"社联副主席余某某，你知道吧？"苏峰打电话给姜心媛，"我猜他应该喜欢你。"

姜心媛诧异："不会吧……我都没感觉。"

"你不是说前几天去参加社联的聚餐的时候，他突然替你挡了杯酒吗？"

"是啊。"

"他当着这么多人的面维护你，显然是对你有意思的。事情做到这份上，他应该很快会向你表白，你到时打算怎么办？"

"我又不喜欢他，现在也不想谈恋爱，只能拒绝吧……"

"你别答应，但也别拒绝，这是你摆脱夏某某的机会。"

"好，那我听你的。"

果然，三天后余某某对姜心媛告白了，而在姜心媛模棱两可的回答中，和盘托出苏峰不着痕迹设计的潜台词——

姜心媛不是不愿意给余某某机会，而是她很大程度对夏某某有诸多顾虑，不想在这种情况下得罪人。

余某某当即对姜心媛放话："夏某某若是再为难你，尽管找我帮忙。"

在坊间尚未传出"班长快娶团支书"的号召时，苏峰就凭借职务之便默默化身姜心媛背后的谋士，走上了一条不归的"宫斗路"。

他就没私心吗？倒也不见得，他只不过还算沉得住气，知道情敌强劲不能硬拼。

姜心媛在苏峰的出谋划策下，开始利用余某某摆脱夏某某。

第一步，以夏某某为借口，拒绝余某某的约会邀请，加深余某某对夏某某的抵触和排斥。

第二步，以余某某的邀约为由，拒绝夏某某的各种合理或不合理安排，造成夏某某的对余某某的不满和敌意。

第三步，寻找到适当时机，将夏某某企图强吻她的事透露给余某某，引发余某某英雄主义情结，激发其保护欲。

第四步，眼看两大副主席暗中较劲，坐等各学生部门干事转正培养这一导火索事件，因为姜心媛同时报名了学生会的秘书处和社联的艺术团。

为了把姜心媛留在自己麾下，两大副主席在各学生组织主席的常务会议上争得不可开交。

会后，余某某直接质疑夏某某的人品，当着几个部长、副部长的面儿指责夏某某强吻学妹的恶劣行径。夏某某气急，当场与余某某撕破脸皮，骂战几乎上升为近身肉搏。

这件事当天就传遍整个学院，两大副主席从此势同水火，再没时间和脸面对姜心媛下手。

苏峰就这样，让姜心媛一脸无辜地落了个清静。

不过这出戏里最大的赢家不是姜心媛，而是一直站在幕后的总导演苏峰同学。他兵不血刃，尚未露面就剪除了姜心媛身边两大最有竞争力的追求者，此后他从护花男闺蜜晋升为知心男朋友，自然是顺风顺水的事。

鹬蚌相争，渔翁得利。

姜心媛那颗美人心，早在这场"宫斗"里被苏峰俘获了。用苏峰自己的话来说：大一快结束那会儿，春风得意，佳人在侧，绝对是他学生时代的人生巅峰。

甜品店里，苏峰回忆着自己的光辉岁月，而我配合地把脸从芝士芒果雪花冰里抬起来。

"苏兄，在下对你的佩服之情真是犹如黄河之水天上来，奔流到海不复回。"

"你恶心人还恶心起劲儿了是吧？"苏峰终于开始解决他眼前那碗快化掉的雪花冰。

我看着苏峰，心里有点憋得慌，大概是吃雪花冰撑的。从高中时代敢爱敢恨、浑身是刺的一把破风利剑，潜心修炼成了一款伤人无形的暗器，苏峰这样的转变，真就好吗？

《琅琊榜》里率直英武的赤焰军少帅林殊，变成了搅弄风云的江左盟宗主梅长苏，先后以阴诡之计为靖王铺平成王之路，一步步朝着旧案昭雪的目标而去。大事虽成，他但却再撇不开阴谋弄权的名声，做不回当初的少帅了。

相比之下，我或许更希望苏峰是我高中时代熟悉的意气少年，而不是读大一时那个自我膨胀、有点儿走火入魔的风云人物。

我刚要开口问苏峰"后来呢"，他已先放下吃雪花冰的勺子，长长地叹了口气："小白，其实这件事，我挺后悔的。"

《无间道2》里说：出来混，迟早要还的。

苏峰告诉我，当他意识到自己锋芒太露，两大副主席早就将他视为眼中钉、看穿了到底是谁在背后搞鬼。

我点头："也对，两个副主席闹翻没多久你就和姜心媛出双入对，是个人都明白这事儿对你好处最大，赖你头上也不冤。"

"所以我大学后面三年，不仅被整个学生会排挤，而且在学院的名声也被两个副主席搞臭，交不到朋友。大四的时候，我跟姜心媛分手，生活才逐渐恢复正常。可以说除了大一，我的大学是废的。"

他朝我苦笑，继而又恢复了无谓的表情，"不过这也没什么，我现在不是好好的吗。"

虽然处事的方式变了，但无论是高中为了初恋跟校长横鼻子瞪眼，还是大学里不顾学长恶整也要跟姜心媛在一起，苏峰骨子里的倔强，为了爱情不惜一切的狠劲，倒是始终没变。

"既然费尽心思在一起，又顶着压力交往了两年，为什么你们还是没走到最后呢？"我还是忍不住问他。

"她的家境太好，官二代吗……"他又开始进攻眼前剩下的雪花冰，一边吃一边随口说，"相处久了，她的大小姐脾气挺让人受不了的，而且我一个普通家庭出身的学生，长期负担约会费用和她的消费，也是力不从心。"

"不是她不好，是当时的我够不上她的好。我们都有错，但更多问题，原因在我。"

我们可以为良人机关算尽，不惧十丈软红，颠倒折磨之苦，却经不住日常相处的熬煮消磨。感情结束的最初，必是相互折磨的极致，唯有等时间像砂纸一样把记忆的铁锈磨去，我们终于能想起对方的美好和自己犯过的幼稚错误。

苏峰吃着雪花冰，忽然蹙眉，似是年少时的不甘和意气重又回到他的眉宇间："我当时太急进了，现在要是能回到大一，我肯定要等风头过了，再跟姜心媛在一起。如果这样的话，我和她的结局会不会不一样？"

"苏兄你多虑了，咱演的不是《封神榜》。"

"我知道，是那个什么《琅琊榜》吗。"他轻描淡写朝我挥挥手。

"别搞得跟你真看过一样，你跟《琅琊榜》之间，还差一个主角光环。"

无数爱情，拉风登场，却注定黯然谢幕。苏峰告诉我，他现在不想轻易恋爱，因为每一次他都会爱得太投入，他怕再次忘乎所以。

可他忘了，每个人最后收获的成长，都代表着曾舍去的珍贵。这使我们在回望过去之时更能看清自己，懂得守护好当下的生活。

少年，在爱情里搅弄风云，是要还的。不过，还完就好了。如今的苏峰，若遇上新的缘分，故事结尾一定比上次来得漂亮。

我愿你最后遇到一个安稳的男孩子

"小白，我想问你个问题。"收到老三这条突兀的短信时，我正在四川一个小县城的路边和小伙伴们啃着烤串。

我那口王老吉还含在嘴里没咽下去，心里就粗粗 YY 了下：这货不会是要表白的节奏吧？那我怎么招架得住！

我随手把烤鸡翅丢回盘子里，按耐住忐忑的心情胡乱擦了擦手，拿起手机回了两个字：你问！

我特意用了感叹号，以表现出"放马过来"的豪情万丈，顺带若无其事地抬头看看悠闲的过路人……

我盘算着老三跟我称兄道弟这么久，要真表白怎么办？不应该啊！甚至，我开始往"拒绝的措辞要如何拿捏"这种策略性问题上靠拢，以图能预见性地避免不必要的尴尬。

可能是江苏和四川隔得有点远，也或许是蜀道难，老三的第二条短信在大约三十秒后才终于出现：如果我说我是 Gay……我们还是朋友吗？

我狂松一口气，重新抄起桌上的鸡翅啃起来，忿忿地想，老三明知我腐腐的，居然到现在才把这事儿告诉我，没义气！伴随着脑海中呼啸过一大波，我又想，吓死小爷我了，幸好我是个姑娘……

于是我油手一挥，抓起手机回了两个字：废话！

这一次，江苏和四川的距离似乎近了许多，十秒钟，老三回复：真好，又少失去一个朋友。

此刻，我精湛的演技超常发挥，整个人淡定得仿佛要立地成佛。我慢悠悠吐掉一嘴的鸡骨头，继续与小伙伴们谈笑风生，然后忍不住学着四川话的口音，扯着嗓子问："老板儿，有啤酒嘛？"

哼，不要误会！我主要是认为，王老吉喝起来的那种情怀配不上天府之国牛轰轰的天地灵气……

大一，偶然上到同一门选修课，我认识了老三。老三长得一般，单眼皮，架一副黑框眼镜，身高180cm以上，笑起来很像那种隔壁的无公害大叔。在发现老三是勤奋刻苦、多才多艺，堪称励志的学霸典型之后，我为了期末考核，本着抱大腿的心态凑了上去。

没想到接触一阵下来，这厮也是个极品二货，不仅自带优柔寡断的属性，还在逐步的交流当中把我当成了吐苦水的对象。老三拖着我在操场溜圈儿，讲述他那痛苦的初恋时，我那叫一个肃然起敬！

背负着一种神圣的、被信任的使命感，我和老三成了好基友。

在我看来，老三绝对是个痴情种。他会在周末横跨祖国四大省，来一场约会；或是在争执后穿越空间上的阻碍第一时间哄回女票的心。

他问我，对方一直反反复复闹分手到底想怎么样。他说他不明白为什么自己的体贴和付出，对方不领情。他说他买了奶茶零食等在宿舍楼下，却换来对方一个不情愿的表情。

我傻兮兮地说："人家小姑娘还小，对你这种大叔级别的男票，可能觉得 Hold 不住吧……"

后来某天，老三顶着一张瘦了一圈的脸和一头新烫的卷毛跑来跟我说，他失恋了。

我并没有细问他们之间发生了什么，总之，狗血的猜忌、年龄的差距、反反复复的纠缠和拉不近的地域阻隔，不仅无法再令这段爱情停留在保质期内，还将彼此折磨得鲜血淋淋，连最后一点情分也化成了彻骨的仇恨。

那时，冷笑扭曲了他的脸，愤怒和痛苦像是丑陋的枯藤勒在他身上无休止地汲取着养分。他像变了一个人，恶狠狠地对我说："老子将来就要当 × 市的官儿，把他们家强拆了，一分不给！"

当时我都不知道自己该不该笑，但老三执拗到这种地步也真是伤得透、爱得醉了。

考虑到老三正在气头上，我一把撩起袖子，机智附和："一句话，我去给你当打手！只要你那时还记得有她这么号人就行！"

他忽然酸溜溜地嘀咕了句："老子才不会记得！"

我舒了口气："对嘛，不就是妹子嘛，咱不能一棵树上吊死！时间有最好的疗效，过几个疗程疤就淡了。再说，异地恋太苦，下次找个近的我也好帮你把把关不是？"

他忧伤地瞥我一眼，压低声音闷闷说了句："那是我的初恋啊。"

我一听，立马无视巨大的身高差踮起脚来，大义凛然地拍了拍他的肩膀："这样吧，我讲一下我的初恋让你开心开心？"

大三，老三终于基本走出初恋的阴影，证据是——当我随口说起"强拆房子"的段子时，老三和我一起笑成了傻 X……

大四，老三本是一腔热血要考研的。可是问题来了，他又恋爱了！还是不动声色的那种，事先没给我透露一点儿风声！

爱情得意的他还跑来跟我说："你就是太强势了，不然肯定很多人追的哇。"

我一记白眼甩过去："我的温柔，你们不懂！"

他得瑟道："哥哥是过来人，经验怎么说也比你丰富。"

我反问："也不知道是谁当初要强拆人家房子的？"

他哈哈大笑："往事不要再提好嘛？"

有一天，他郑重其事地告诉我："小白，我决定不考了。"

我大吃一惊，愤愤道："你忘记吃药了吧！你都准备半年了，现在放弃不是搞笑吗？你的理想被狗啃了？"

他不好意思地对我笑笑，两眼顿时温柔而深情起来。我一看，苗头不对劲，立马追根究底起来。

他在我的逼问之下，终于开口："我家那位不是才大一么，我想说我先工作两年，等到那位毕业，我不就有经济基础了嘛。我现在得为我们的将来考虑，考研的话，以后也可以考虑在职读。"

我捂住被爱情光芒晃瞎的双眼，无奈感叹："我勒个去！到底是谁这么有本事，把你收得服服贴贴？难不成还琴棋书画，诗词歌赋样样精通，此人只应天上有，人间难得几回见？"

他得意一笑："是啊，就是琴棋书画样样精通……"

我："……"

他："业余学的国画，书法也不错，会弹钢琴，会下围棋，家教很好。"

我："呵呵……人生赢家，你好。人生赢家，再见！"

从四川回来，我把老三拎出宿舍。宿舍大门外的路灯用昏黄的光在老三的脸上打下落寞的阴影，一个 180 的大个子就这样立在我面前。老三微笑着任凭我数落，双眼几乎弯成一条线。

我："明明是小男票，你还来找我做知心姐姐，探讨什么女生心理，真是吃饱了撑的！"

在老三给我发短信之前，我一直以为他的恋爱对象是小女生……

他："其实他们的心理很多时候和女生很像的嘛，所以就找你支支招咯。"

我："我那么掏心掏肺，你还把我蒙在鼓里！我当你兄弟，你当我傻啊！"

他："我傻，我傻行了吧……现在我不是都告诉你了嘛……我很怕你跟别人一样用变态的眼光看我，毕竟，我真是拿你当自己人的。"

我一愣，妥妥跑题："你还告诉别人了？"

他苦笑："嗯，只告诉了几个关系特别好的，不过有两个就接受不了……所以，你懂的。"

我仰头注视着老三，看到那黑框眼镜后面，眼神里的小心翼翼，只觉那像一根锋利的刺，扎在我心里，扎得我替他憋屈，扎得我心酸心疼。幸而天色暗了，我那尴尬的表情才藏得住。

我故作轻松地吼了句："NO ZUO NO DIE！下不为例啊！"

临近毕业，老三工作定了下来，不赖，地方编制内。

为此，我曾玩笑着给他拟定了一条成为强拆专业户的人生仕途路线，结果被他吐槽说：一个破梗你用了三年，敢不敢换点儿新的？

就在我深觉老三朝着自己的人生目标迈出了一大步的时候——他又失恋了！

我扶额骂道："你哪来这么多恋可以失？分点给我行么！"

他看了看我，没有露出从前那般的悲伤神情，而是默默牵起嘴角，自嘲道："我们这种人的恋爱，本来就很难长久的。他厌倦了，我再纠缠下去也只剩互相伤害。就像我和初恋，分分合合闹了那么久，结果还不是彼此恨到老死不相往来。那样太累了，不想来第二次。"

我一时语塞。眼前这个大个子仿佛在一夜之间成熟得超乎我的想象，而且炫酷到根本停不下来！

良久，我问："那你现在的打算是？"

他耸耸肩，笑道："不急，先好好工作再说，家里对我的期望也挺大的。"

别介意在爱情里受过的每一次伤害，就像三毛写过：也许，我们终究有那么一天，牵着别人的手，遗忘曾经的他。

在面对未来之前，我们总要先选择面对自己。一段感情无论有无结果，我们还是要继续当下的生活，去遇见更对的人。所以，一千一万次的回头，不如鼓足勇气慢慢往前走。

看着老三这一路走来，每一步都是他自己的选择，他承受的压力和非议，非我能想象，而他的勇气与坦诚，又是我远远比不上的。我除了在一旁插科打诨，没帮上他什么忙，也帮不上什么忙。

只是，能得他始终的信任，是我的幸运，也算未辱没了友谊二字。

老三这样的人很强大，但也很脆弱。强大，是因为他走过太多别人没走过的弯路，也曾一次次从头破血流的情感失败里重新站起来，他已然没什么好怕的了。而脆弱，是因为他对这个世界更加敏感，容易被每一个微小的细节打动，也容易被一句无心的话伤害。

他最不希望看到有任何的失去。

对于老三来说，朋友的理解与支持才是最重要的，他不需要我们真的为他赴汤蹈火，挡住这世间所谓的流言蜚语，给他一个金钟罩护他万全。他只要我们愿意陪在他身边，听他的故事、尊重他的选择、祝福他的人生，那就够了。

至于其他，他自己可以搞定。

工作了大半年后，我就听老三在电话里跟我抱怨，说现在工作已经忙到了上厕所都要控制次数的地步。领导看他一个小年轻劲头十足，大大小小的事情都甩进他手里，那工作压力能不大嘛？

我在电话里说："三爷高升指日可待啊，打算什么时候请小的吃个饭？"

"吃饭小意思啊，你来，我包吃包住。"

"这么大方！不会是请我去喝喜酒吧？份子钱能打个条儿先欠着吗？我最近穷得人神共愤，那……"

"打住！你的脑洞是用来养金鱼的吗？"老三清清嗓子，"份子钱怎么能用欠的！"

"我就知道你惦记我的份子钱，哈哈！"

结果，我俩暂时抛开工作生活的烦恼，愉快地互黑吐槽起来，各自在电话里嘲笑并且叮嘱对方按时吃药。

放假休息的时候，老三像夺命逃生一样从外地赶过来找我玩耍，顺带纾解一下内心的惆怅。

必胜客里，我一手举着披萨，一手端着奶茶，贱兮兮地问："最近有没有小正太一波波扑过去啊？"

他朗然一笑，煞有介事地说："有啊有啊，就是年纪太小，不合适我。不过你重口惯了，小鲜肉什么的，要不要介绍给你？"

我把眉一挑，毫不客气地回敬了句："性别不一样，怎么在一起？"

终于轮到他无语！

我们都曾经拼尽全力，想要去寻找传说中的幸福。

尽管岁月终将趋于平凡，生活也会激情不再，但那时，我愿你已嫁到一个安稳的男孩子，有娴静如水的日子。

我亲爱的老三。

不如就承认一下，
你没有想象中的那么坚强

我慢慢地、慢慢地了解到，所谓父女母子一场，只不过意味着，你和他的缘分就是今生今世不断地在目送他的背影渐行渐远。

我们以为事不关己可以高高挂起的那些事情，正与我们息息相关，同生共存，并不会因为闭上眼睛而不存在。人心的炎凉，不过是转瞬的事情。

相亲鸿门宴，逼婚谍中谍

相亲，简直是一门极为高深的人类行为艺术，其中饱含着对人性冲突、道德伦理、才智计谋等一系列的探讨，分分钟让人不跪不行。

周二上班前，我爸面色微沉，用稍显郑重的口吻跟我说："你今天不要加班了，晚上早点回家。"

我边喝粥边问："有什么事儿？"

"咦，"我爸坐在餐桌对面，试探我，"你不是都答应外婆了吗？"

"答应什……"话说一半，又被我咽了回去，秒赞外婆迅猛的行动力——昨天刚说要给我介绍一对象，今天居然就招呼上了！

于是，我对我爸说："最近不忙，应该不会加班。"

我以为外婆不过是把大家约在一起吃吃饭、喝喝茶什么的，结果外婆的安排那叫一个野蛮粗暴！

时间：晚饭后

地点：大马路牙子边上的工厂门口空地

人员：我、我爸妈、外婆、介绍人、被介绍对象

理由：饭后散步，顺带见一见

我和我爸妈先到，七点半，天色渐暗。

没一会儿，表哥把外婆接到了现场，顺便带着我嫂子。看表哥的架势，这是准备看好戏不打算走了。

我说："哥，你来凑什么热闹！"

他说："外婆一声令下，莫敢不从啊。你现在内心是什么感受？"

"人为刀俎，我为鱼肉。"

"你顶多是块小肥肉，哈哈！"

"再贱！"

七点三刻，三个悠闲散步的身影走进我们的视线。外婆率先迎了上去，与介绍人一阵寒暄，好似今天她们是来叙旧一般，根本与我没有半点关系。

战略上是无视的，战术上是重视的。

我妈看我一眼，上前一步，热情地立在外婆身边，也开始闲话家常。但一看我妈就是负责侦察工作的，三言两语就跟对方家长聊出了相亲小伙子的基本情况。

我爸远远立在工厂门卫处，与门卫大爷有一搭没一搭地聊着，于暗处时刻关注着这边的状况。

我哥和我嫂子若无其事地在我五米开外秀着恩爱，时不时地投来让我好自为之的目光。

谁家相亲，是全家人一起相的？还祖孙三代，阵容超群！要不要再把我小侄子带来，好凑个四世同堂啊！情节来得太突然、太精彩，全家人在这场相亲里各司其职，高效运作，唯独我在一旁，没有说话，专心喂着蚊子。我朝对方那个沉默的小伙子尴尬地笑笑，感觉大家也是同病相怜。

两岸对话接近尾声的时候，我已经像个孙猴子一样，挠痒挠得上蹿下跳了。

剧情的高潮终于到来！

渐暗的暮色里又缓缓走出两个我熟悉到不能再熟悉的身影，本集剧本情商最高的两个人出场了——我爷爷和我奶奶。

他俩不经意地驻足，宛如领导人进行国事访问一般，朝我外婆等人点头打招呼，说是刚散完步往回走。

好巧？鬼信啊！奶奶那抑制不住上扬的嘴角，已经完全暴露了爷爷掐准时间审查我相亲对象的完美计划！

呵呵，呵呵，呵呵。这哪里是相亲，再多两个音响，完全可以集体跳广场舞！随便拉个路人，就能凑四桌麻将！

这场相亲快结束的时候，我的小腿大约已经肿了一圈。只见那介绍人的目光像探照灯一样盯住我，然后对我说："嗯，两个人还蛮登对的哦，小姑娘，要好好把握，机不可失。"

登什么对！哪里对了！完全就不对！从头到尾，我跟那小伙子半句话都没说，光顾着看戏了！

相亲这种事，我一般是不介意、不排斥的，左右不过是多认识一个人，天南地北地扯一扯罢了。扯出感觉就试着接触一下，扯不出感觉也不浪费彼此的时间。

然而，这次由多方精心策划参与的相亲，之所以飞快地以失败告终，一方面是我不喜欢的就是不喜欢；另一方面，相个亲都搞出这么大阵仗，在没把对方小伙子吓退之前，就已经适得其反，吓死了宝宝我……

散会后，我哥问我："感觉怎么样？"

"脚痒。"

后来，我偶尔在朋友聚会时吐槽这件事，大家听完笑完也就罢了，唯有大林拍拍我的肩膀说："小白啊，相亲的学问多了去了，这种事儿哥感触比你深，要不要听听哥的见解？"

大林没结婚那会儿，是村里稀有的几个大学生之一。他妈妈去世早，他舅舅一直想让他帮忙打理外地的公司，但他只想留在本市，就没答应。中秋节前，舅舅让大林带点儿市里的烟酒茶叶回去，于是大林吭哧、吭哧颠了两个小时公交赶到乡下，一进舅舅家门就看到浩浩荡荡的十来桌流水席摆在院子里。

魂儿还没定，他就被舅舅拉上了主桌。

主桌哪里是随便什么人都能坐的！大林机警地扫视一圈，在座的果然全是村子里、乡上有头面儿的人物。他一个平时只能跟小破孩坐一桌的晚辈，重要性什么时候上升到这个高度了！

他当即表现得受宠若惊，准备偷偷换一桌坐，谁晓得舅舅一声令下"坐着别动"，大林连带着胃口都瞬间下降了好几个档次。

看着身边唯一一个空座位，大林确定这件事——有、猫、腻！

果不其然，开席前三分钟，有个高腰杯一样的姑娘走了过来，一声不吭地坐在大林身边。此时，全桌人招呼着动筷，舅舅也半句话没讲，大林只当不懂，全程装傻，吃菜敬酒。

他抽空瞄了眼那高腰杯姑娘，只留下一张侧脸的印象。沉默而拘谨的神情，白皙的脸颊上有一点点雀斑，黑色的长发被高高束起甩在脑后。她身材或许不错，腰是腰，胸是胸，只不过那精心打扮过的模样，怎么看都别扭得像是红酒杯里装了美年达……

吃过饭后众人开始喝茶、聊天。舅舅把大林喊进客堂，头面儿人物满满坐了一屋，一人手里握一只印着某企业地产的专用高档茶杯。

看这阵仗，大林心想：前菜过了，要上主菜啊！

舅舅啜了口茶，发出一阵呼哧的声响，完了又啧啧嘴，派头十足："小林啊，你年纪也不小了，刚才坐你旁边的姑娘感觉怎么样？"

大林深知躲不过："啊，刚我也没跟她说话，什么都不知道啊……"

在一旁的媒人可就等大林这句话呢，她瞅准时机立马开口，把那高腰杯的情况前前后后介绍了个透，言下之意就是：这是我们村上条件最好的姑娘，人长得漂亮，在镇上做会计，工作稳定、体面。好多人上赶着追求她，人家都没同意。

大林打哈哈："这个事儿也不是我能决定的，总要问问人家的意思吧？"

分分钟，那高腰杯姑娘就被她妈妈领了进来。

媒人问："你觉得大林怎么样啊？"

高腰杯脸一红，细声讲："好个。"

高腰杯说完这句，迅速被领了出去。大林接着面对"三堂会审"，一头瀑布汗。

舅舅眉开眼笑地说："好啊，既然这样，事情就这么定了。"

大林震惊："定什么？"

"这次呢，你们双方就算见过面了，回头到城里把你爸接过来吃个饭，家长见了面把亲定下来。你们城里事儿多，婚礼可以晚点办，咱们乡下可以先办酒吗。今天在座的乡里村里的领导，都是个见证。"

大林心里呵呵一笑，这都叫什么事儿啊，旧社会包办婚姻吗？

几个意思？几个意思！怎么就分分钟聊到定亲、结婚上去了？今天这哪里是来送特产顺便吃个饭啊，简直是鸿门宴啊！摆这么大个局，就为了逼他娶个不认识的媳妇？

他感觉自己被摆了一道，掉进了舅舅挖好的坑。大林一声不响，看着一屋子人热热闹闹地开始商量结婚细节，好一会儿才问："舅舅，这事儿，我爸知道吗？"

"我还没跟他说呢，你晚上回去跟他好好商量一下，最好半个月后来提亲。"

大林面上也不立马推拒，省得舅舅没面子。他只说定亲的事情不急，要先跟那高腰杯姑娘接触一下，存个电话号码联系。

可等回城之后，相亲这事儿不出一个礼拜，就被大林彻底搅黄了。跟大林的鸿门宴一比，我家那出"广场舞"简直小儿科，场面和格局瞬间就低了好几个档次。

我怀着对大林前辈的敬重，抱拳相问："大哥，这鸿门宴最后是怎么收场的？"

"那还能怎么收场，我直接跟那姑娘说我俩不合适，也不喜欢这种家里强行安排的缘分，所以不想浪费大家的时间。"大林摇了摇头，语气一转，"其实，最重要的原因我没跟她说。"

"什么原因？"

大林直了直身子，认真地对我说："其他我都可以忍，但我最受不了我舅舅绕过我爸，给我来这一出，打算直接做我的主。不尊重我的意见倒还行，不把我爸放眼里，是当我林家门里没有长辈了嘛？如果这事儿，我爸事先知道，说不准我凑合凑合，还真就和那姑娘在一块儿了。"

大林告诉我，他当时就觉得相亲这事儿越想越不对劲儿，可是想不出到底哪儿不对。

好一阵子过去，大林舅妈打电话给他，终于吐露出这场豪华版相亲背后真正的目的。高腰杯姑娘嫁进门之后，大林舅舅就打算把她调到自己外地的公司当会计。这样一来，新婚燕尔，大林多半要跟着高腰杯姑娘一道进公司做事，一辈子就这么稀里糊涂地卖给他舅舅了。

我感叹："大哥，你这哪是鸿门宴，完全是碟中谍啊！"

"哈哈哈，那酸爽绝对不亚于中情局里出了个叛徒。"大林恢复了乐呵呵的神情，"幸好后来我遇到了现在的老婆，样样拿得出手，这才没有搬起石头砸自己的脚。所以说，相亲会有的，奇葩也会有的，但咱不能被别人的好意绑架，日子总归是自己的，称不称心只有自己知道。"

我头点得跟捣蒜似的："我现在深深觉得，相亲简直是我国一项伟大的非物质文化遗产，堪称国粹！"

相亲，大部分人多多少少都会有所经历，其实是不用被刻意排斥的。就跟传统习俗一样，到一定时间就来这么一出。但很多年轻人之所以反感，之所以在这件事上表现出巨大的逆反心理，很大程度上是因为亲人朋友动不动就是强加观念，使得我们的意志不被尊重，我们的想法不被重视。

我外婆就从来没有问过我，是否愿意用这种夸张到近乎粗暴的方式去认识一个陌生人，这样的场合是否会令我感到难堪。大林的舅舅也没有征得大林和他爸爸的同意，就上赶着坑了一把爹，结果弄巧成拙。

相亲这样的事，我们作为当事人，内心的想法是需要被重视的，因为这关乎我们未来的生活，理应由我们自己做出选择。可长辈们往往不这么想，他们最擅长用"为了你好"这四个字来绑架我们，让我们打破了原本的生活节奏，去做他们认为对的事情。

站在他们的角度来看，这么做又有什么错呢？

可就是父辈们平凡简单的期望，才使我们如同附壳之躯，用拒绝来保护自己。我们都需要沟通和相互体谅，而不是斗智斗勇，完成一场接一场碟中谍的年度相亲大戏。

我无惧所有人逼婚，也不担心每一次的相亲，更乐意无止境地自黑自嘲下去。但我终究不愿意的是刻意放快自己的脚步，去将就一个自己明知不会愿意的人生。

木心有首《从前慢》一直是我极喜欢的诗，那句"一生只够爱一个人"就像一个遥不可及的传说，高悬在我心上，散不去。

我没算过自己单身了多久，也不打算规定自己以后还要单身多久。活了二十多年，没有遇上恰如其分的心动和感情，我唯一能做的，就是让自己变得更好。我始终相信，对的人不来，是因为自己还不够好，离对的人还不够近。

要怎么看待死亡这件事呢？

世上有千万种悲苦，而最令人绝望的，该是至亲亡故，骨肉死别这种吧。

看过很多文章里的生生死死，看过很多影视剧里的打打杀杀，也知道人世更迭是千古不变的道理。然而当一切发生在我们身边，心底升腾起对死的恐惧，对生的渴望就会被无限放大。每个人的眼泪不一样，但想哭的念头是一样的。

父亲的表兄被查出肝癌晚期，短短几个月，人就没了，只留下父母、妻女四人。大伯的求生欲望很强，他对妻女、父母说：我要看病，我要活，再给我一年时间，我要看着女儿嫁人。

于是，大伯走的时候，应是满心的不甘和遗憾。他把一生的质朴都给了土地，勤勤恳恳地与生活打交道，末了又只好匆匆地把一切还回去。

乡下的丧礼，规矩是极繁的，三天日夜，很多忌讳。乡下的丧礼十分讲究面子，得办得隆重体面才能显出死者的一种风光。然而，这些都是做给活着的人看的，已去的逝者哪里还能看得到这样的

"风光"。

入殓那晚，唱戏的白衣女子在台上唱《哭灵》，唱的全是大伯生前不容易的一生，在场所有听的人难免红了眼圈，更有长辈失声嚎啕。

其中以大伯的双胞胎弟弟哭得最为哀痛，众人一时间劝不住，他险些哭得昏过去。都说双胞胎之间最有感应，如今一个先去了，硬生生切断这份血脉联系，便更是伤神。

那晚月亮特别圆亮，毕竟到了中秋佳节。我抹着眼泪心想：本该团圆的，却再也圆不了了。想起龙应台《目送》里被引用最多的一段话，虽然是讲父母亲情，但在各种死亡面前，也是适用的，是我迄今每每遇到身边不幸事时想起的话——

我慢慢地、慢慢地了解到，所谓父女母子一场，只不过意味着，你和他的缘分就是今生今世不断地在目送他的背影渐行渐远。你站立在小路的这一端，看着他逐渐消逝在小路转弯的地方，而且，他用背影默默告诉你：不必追。

不过这话太多人说，却很少人真的能做到，我们都与人生许下过一个薄凉的约定，约好生命的最初与最终只能由彼此陪伴。于是在最初与最终之间，所有人都将与我们渐行渐远。我们是哭泣的，是悲伤的，是恍惚的，却是又要回归到自己的路上去的。

我是一个不敢谈死亡的人，但我们在漫长又短暂的一生中，注定要面对很多死亡。那里有个人人都知道的终点，谁都不想去，但谁都不能不去。我总得认认真真看看它，至少得学一学该怎么看待它。

傅佩荣曾在一次采访中说：花开花落，春去秋来，一年一年过去，最后老了，我们也看到前辈怎么老、怎么死，我们将来也会步他们的后尘。既然最后都要走进坟墓，这一生到底所为何来？人们就要寻求人生的意义，什么是意义？"意义"代表理解的可能性，问"人生有意义吗"，就是在问"这样的人生可以理解吗"。人除了身和心之外，一定还有一个"灵"的层次，这个灵的层次就是对生命的明确方向，这个方向必须能够让你面对死亡时还有勇气去跨越。

在面对死亡这件事上，我羡慕两岁多的小侄子懵懂无知，但我佩服的是我爷爷。听爸爸说，大伯亡故的消息传来时，爷爷正在打麻将。爸爸带着奶奶连忙赶去大伯家，爷爷反倒没去，说是麻将还没打完，明天再过去。

爷爷见识过太多生死，也因病经历过生死，至今仍是喝中药控制病情。他七十多年的人生里，送走的、看着走的人，加起来不知要几千岁了。他主持操办的丧礼，参加过的葬礼，或许他自己也数不清。

死亡，他是不想的，但死亡，他也将它看得平常了，放弃与之一争长短。

傅佩荣说，小孩子的无知是真的无知；老人知道"知无涯"，更多的是无奈。

老人的天真，是退休以后放弃了对世界的任何掌控或者欲望，其实是经历了之后，"曾经沧海难为水"，最后是放下了；小孩子根本"无知者无惧"，什么都不知道，也没什么害怕的。

耶稣也说过，"让小孩子到我跟前来，天国是他们的"。

我经历太浅，尚不能看明白这世界，只能跟在悲伤哭泣的人群身后，跟着集体情绪行走，对死亡露出恐惧的目光。因为人生这张草稿，就是最终版，没办法推翻重来啊。痛苦和烦恼将是永恒的，所以快乐和幸福才会显得弥足珍贵，值得珍惜。

苏轼在《前赤壁赋》里劝客：客亦知夫水与月乎？逝者如斯，而未尝往也；盈虚者如彼，而卒莫消长也。盖将自其变者而观之，则天地曾不能以一瞬；自其不变者而观之，则物与我皆无尽也，而又何羡乎！且夫天地之间，物各有主，苟非吾之所有，虽一毫而莫取。惟江上之清风，与山间之明月，耳得之而为声，目遇之而成色，取之无禁，用之不竭，是造物者之无尽藏也，而吾与子之所共适。

人爱东坡居士豁达，可他若无一生格局大开大合当底气，这份豁达又能有多少重量呢？人一生要听太多道理，但终究怎么过好这一生，没人能得到答案，只得自己去经历一番。

爷爷手术住院那会儿，我看到奶奶日夜守护在爷爷身边。她只握着他的手，也不说话，仿佛一松手就会失去什么。我看着，我害怕，我发现一切的爱和希望都变得无力，能做的事情一件没有。

我的怯懦和自私，让我无法说出希望世界和平这样的话，因为那时那刻我只想身边的人一个都不要离开。

慢慢地，我必须在假装坚强中长大，学会掩饰恐惧，表现懂事周全，习惯克制情绪，为了在惶恐和不安的背景画面里珍惜每一天的小幸福，更用力地生活下去，在一个注定有着残酷结局的人生里，寻找美好的意义。

　　然后对自己说：你看，你终于也可以了，像爷爷一样。

艳遇的 48 小时贯穿伤

艳遇这码事，大概可以分一分层次、等级。

上乘的艳遇，很可能会带来 48 小时以上的内心贯穿伤，数支利箭穿胸而过，当场毙命。心上被砸出空荡荡一个大窟窿，短时间内，任凭什么东西都填不满。

中等的艳遇，是长剑出鞘，迎面当胸一刺，稀里哗啦流满目的血，叫人即便去了半条性命，仍念念不忘那刺客的身影。

寻常的艳遇，就没那么凶悍了。大多更像是一场对弈，千军万马厮杀得再激烈都是棋盘上的事，进退全有余地，执棋者甚至还能乐在其中。

当这三种艳遇一股脑儿砸下来，还稳、准、狠地砸在一个人身上，这种事，我本来是不信的。然而，我们公司的顾翰顾副总偏偏就碰上了！概率小到，不如立马去买彩票。

事情是这样被发现的——

今春某日，正值大伙儿在机场集合，准备飞厦门出差的当口儿，顾总手拖行李箱出现了，嘴角噙着抑制不住的弧度。那一瞬间，他印堂发出的光，随便掰块儿下来就是一坨彩虹糖。

我问送顾总来的同事大飞："顾总怎么一大早脸上就写着'人面桃花相映红'七个字？"

"顾总昨天被彻底击穿了，"大飞笑出了吃咸菜都要蘸糖的感觉，"艳遇连环杀！"

"哎哟，不错哦"姑娘

出差前一天，顾翰一本正经地和大飞去了隔壁那条街，给新开的咖啡馆出出陈设布置上的点子。他提前恶补了咖啡店的装修案例，以免面对咖啡店美女老板时说不出个子丑寅卯来。

落地的玻璃门前摆着一张藤编秋千，深咖色花架上摆一排鲜崭的姬胧月，日光轻移，流影缓现。顾翰推门而入，风铃声骤起，伴随着浓郁的咖啡香气，占满人的感官。一条黑色的纤细背影衬着 Bossa Nova 的曲调，在吧台后静立着。

大飞熟道地把顾翰拉进咖啡店："菁姐，这是我们公司的顾总，设计上的事儿尽管问他。"

"你好，顾翰。"顾翰先了个打招呼。

随意散着的长发轻轻摆出一个漂亮的弧度，她回转身，礼貌地朝顾翰扬起嘴角："你好，顾菁菁，今天要麻烦你们了。"

她说着，从吧台里走出来，手中端着两杯咖啡："刚好煮了咖啡，不过不知道你们喜欢哪种口味，奶和糖自己加吧。"

顾翰看着眼前的女人，心中微微一震。顾菁菁比顾翰大 4 岁，言谈举止中透着优雅，是寻常可亲，叫人动心的。

三人坐定，一席谈话，甚欢。

从装潢设计到咖啡文化，再到经营理念、事业规划，三个人不知不觉便聊了个把小时。顾翰颇享受这自在随意的聊天氛围，话匣子打开后甚至带出些谈笑风生的味道来。

不觉，外面竟下起淅沥的雨。

后来，顾翰接到老总的电话，要他下午到城中的茶庄走一趟，把送给客户的茶叶取回来，大飞则被老总召回公司。幸而茶庄不远，顾翰起身准备步行前往，才走出十来步，他便听到身后有人喊自己的名字。

转身去看，是顾菁菁。一把蓝色伞面白色塑胶柄的雨伞塞进顾翰掌中，顾翰的小心脏被戳了一下，心里蓦然冒出句话："哎哟，不错哦！"

"你没带伞，这样不行的。"

他笑着道谢，玩笑说："这是要演白蛇传？"

"这雨虽然不是我变的，但伞确实要记得还。"

"好，一定。"

四月江南，烟雨朦胧。顾翰撑着伞，看一眼顾菁菁提裙小跑进店里的背影，脑内魔性地响起一个旋律：哎……哎……西湖美景三月天嘞……春雨如酒柳如烟……

此乃艳遇第一杀。

"不得了的青花瓷"姑娘

从咖啡店出来，撑伞走了一刻钟，顾翰已走到离茶庄最近的车站。

"你好，稍微打扰一下，"有个清婉的声音在顾翰耳边响起："请问三道茶茶庄怎么走？"

顾翰闻声而望，有个女子立在车站站牌旁，很年轻，着一身简易的唐装打扮，青花盘扣，素衫长裙，面容清丽俊雅，仿若一件精美的青花瓷器。只是她神色稍稍有些忙乱，发尾有被雨水微微打湿的痕迹。

他驻足看着那女子，思绪已神游天外：哦吼，今天这是天上掉馅儿饼了吗？

"请问三道茶怎么走？"那女子微笑着，提高嗓音再问一遍。

"啊！三道茶啊！"他这才回神，伸手一指，"前面路过右转，再走个七八分钟就到了。"

"好的，谢谢。"女子展颜，又点头致谢，准备走出车站，步入细密的春雨。

顾翰感觉哪里不太对，却又说不上来。直到看着第一滴雨落在那素色的衣衫的肩头，他才下意识地将伞面移到那女子头顶，赧然地开口："我都忘了，我刚好也是去三道茶。不介意的话，我顺路撑你一段吧。"

"多谢，有劳了。"女子颔首浅笑，举手投足皆透出古典气韵。

所谓伊人，在水一方。如酥细雨打落蓝色伞面，将无边世界隔出了个小空间，二人抵肩而行，全然是琼瑶剧一般的邂逅桥段。顾翰深吸一口气，暗叹：不得了，遇上这姑娘，感觉自己都像是从画里飘下来的一般，心脏跳得不要不要的。

为了打破这二人世界的沉默，重新掌握眼下节奏，也为了那抑制不住的好奇心，顾翰咽了口唾沫，一开口就演绎出了男一号念台词的范儿："姑娘，这么问可能有点冒昧，但我看你中国风的打扮，想你应该是喜欢古典文化的吧？"

"嗯，自然。"女子扬起脸，将顾翰映入眼帘："我是教小朋友国学的。"

"难怪，原来是老师，失敬失敬。"顾翰男一号架子端起来，就没再放下。

她叫楚清，人如其名，楚楚动人，如清如澈。与这样的姑娘意外邂逅，分分钟击中了顾翰的心。自幼练习书法，醉心汉唐文化的他，在这十分钟不到的路程竟走出了轻飘雀跃的感觉，也是入戏太深。

蓝色伞面之下，他们浅浅地聊起汉服兴起、儒学经典、书法国画，却聊出了让顾翰相见恨晚的感觉。相遇来得太快太突然，他根本来不及拿捏自己的表情和眼神，只叹一切发生得简直不够真实，让人如挂云端。

此处该有背景乐：天青色等烟雨，而我在等你，月色被打捞起，晕开了结局……

到了三道茶门口，男一号顾翰终于厚着脸皮与楚清交换微信。他收起伞，顾不得擦干湿漉漉的手便急着去掏手机，结果手指滑得连屏幕都没法儿解锁。此时，一方淡蓝色的手帕被送到他面前："先擦干会好些。"

"啊，谢谢……"顾翰胸口猛地一颤，有些荡漾地接过手帕。擦完手后，加好微信，他还不忘半真半假地问一句："要不我回头洗干净了再还给你？"

楚清莞尔，贝齿隐现："不麻烦了，我自己来。"

茶庄的服务生适时走过来，将楚清领入茶庄。她走前，微笑着朝顾翰挥手，再次致谢那小小的一伞之恩。顾翰捏紧手机，心尖发颤：不得了，青花瓷一般的姑娘。

此乃艳遇第二杀。

"我是过儿"姑娘

顾翰被茶庄少东家带进雅间的时候，整个人基本还没回过神，心境尚且停留在方才的雨中漫步里，拔不出来。

少东家把顾翰按在雅间的茶海前，兴致勃勃地推销道："反正外面下雨呢，你今天可别急着拿了茶叶就走。最近我店里新来一位茶艺师，你留下来喝茶，看看她手艺。"

"也好。"顾翰点头，心想自己这状态是需要喝口茶缓一缓。

"洛舒。"少东家朝门外唤一声，顷刻便有身穿水墨画色调的过膝旗袍女子缓步而入。

青丝如黛，肤若凝脂，明眸善睐，身姿带过处，是流风回雪。顾翰瞥一眼，便急匆匆收回目光，再不敢多看。直到那唤作洛舒的茶艺师落座于茶海后，栖身端坐，取茶烧水，他仍偏着脸，脑中一片空白，连招呼都不知从何打起。

任何辞藻在他嘴边都失效了，他埋着头，内心几乎是无措的。他想起杨过第一次见小龙女时的内心戏，瞬间对金庸老先生的描写有了更深层次的解读：这姑娘是水晶做的，还是个雪人儿？到底是人是鬼，还是神道仙女。

少东家饶有深意地问顾翰："怎么样？"

顾翰扶额，跟少东家打起唇语：我去，这也太仙了点。

"兄弟，我今儿有点忙，待会儿再来陪你啊。"少东家笑着拍拍顾翰的肩膀，颇有些得意地转身走开。

滚水沿着杯壁冲入盖碗杯，令普洱茶叶翻滚，随即盖上茶盖，逼出头道茶温杯。洛舒素手一提，用茶夹拎起一只温好的茶盅，那茶盅便如碧蝶栖落在顾翰面前。

顾翰也不敢怠慢，赶紧端起茶盅放至鼻下细闻：香！

接着闻茶的空儿，他终于抬眼去看洛舒。却见她丝毫不受外界干扰，只眉眼低垂专注于手中的茶香水韵，静若一株冰清的白海棠。少顷，金橙的普洱茶汤通过茶漏注入透明的茶壶之中，又借洛舒一双妙手倒入顾翰眼前的茶盅。品一口，舌尖溢满茶香。微涩中细品，又久久回甘。茶不醉人，人自醉。

顾翰放下茶杯，寻思说点什么，却只问了个最俗的："你哪里人？"

"重庆。"洛舒朱唇轻启，音若淙流。

"啊，我祖籍是湖北的，离重庆很近。"顾翰正努力刷自己的存在感。

洛舒起身又为顾翰添茶，清淡的双眸抬起，轻翘唇角，随口言道："嗯，一江之隔。"

瞬间，顾翰尝过万箭穿心的滋味，重大贯穿伤。他被那句"一江之隔"镇住，眼睛半点移不开洛舒，生怕少看一眼便少看了全世界。

他强自掩饰内心的震撼，举杯牛饮，却又偏偏克制不住气血上涌，想到什么便急着说出口："我们那个地方爱吃辣，口味重，你们重庆应该比我们这边儿更夸张吧？"

"我爷爷从前种过一棵花椒树。"

顾翰又是一愣，竟无言以对。举杯饮茶间，他只得采取一问一答的模式，与洛舒保持着交流的关系："怎么会到这里来做茶艺师？"

"山城里望不见江南。"

洛舒惜字如金，每说一句都像是在认真答着顾翰的问题，却又透出些漫不经心的随性洒然。总之，顾翰觉得自己要疯了，仿佛他遇到的不是凡人，是一道美得摄人心神的海市蜃楼。

一壶普洱泡过十次，顾翰无奈打算折返："你的茶，很好。"

"客气，普洱可以多喝。"

举着那把蓝色伞面白色塑胶柄的雨伞离开三道茶前，顾翰恍惚骂了一句：我勒个去，今天不会是把一辈子的运气都花光了吧！完蛋了，完蛋了！

其实顾翰有句话憋着，一直没敢说出口：姑姑，我是过儿啊……

此乃艳遇终极第三杀。

48 小时贯穿伤之后

听完顾总的"艳遇连环杀"事件之后，同事集体发出一声需要消音的感叹！真是连虐狗都虐出了巅峰高度！

不难看出"艳遇连环杀"结束后，顾翰是不正常的。尤其是洛舒的最后一击，将他彻底贯穿，满脸春光肆意，逢人便是对洛舒进行一番藏不住的溢美夸赞，就差背一遍曹子建的《洛神赋》，再配一曲古琴伴奏了。

顾翰亢奋的状态直到第二天在厦门见客户前，才稍有缓和。此时，妥妥已经 48 小时过去了。

三大艳遇，顾总何去何从？

私下里，我与大飞打赌。

我把筹码压在了"一江之隔"的洛舒身上，大飞则意外给美女老板投了一票。以一周午饭为赌注，我们悄悄开始等待顾翰的下一步动作。

从厦门回来后某个加班的夜晚，我与大飞灵魂出窍般赶完新方案，发现各自都没有办公室门的钥匙，只好打电话求助家离得最近的顾翰。彼时已是半夜十点，大飞打电话给顾翰："喂，顾总，我和小白都忘带钥匙了，方便我去你那儿拿一下吗？"

"嗯……"顾总略一犹豫，"我现在不在家啊。"

"那怎么办？你在哪儿，我跑一趟。"

"嗯……"顾总又一犹豫，"那你到顾菁菁的咖啡馆来吧。"

挂完电话，大飞各种得瑟，神气得眉毛都要飞出去了："我说什么来着，顾总十有八九选的是顾菁菁，他现在就在菁姐的咖啡店里。"

"不应该啊！"我完全不能理解，"按理说，洛舒才是最一见钟情的那个啊……"

"啧啧，不然怎么说你们女人太感性。"大飞扮演起了资深情感专家的角色，"作为男人，可以享受无数艳遇，但不会因为心里的那点冲动冲击就奋不顾身扑上去。洛舒那种款，离我们太远，换句话说就是不接地气。要选，就要选待在一起最舒服的那个。"

一个礼拜过后，我便从大飞处惊闻顾翰与顾菁菁已同居，只好跪着承包了本周的午饭。后来，我们变着法儿问顾翰，为什么最终选了"哎哟，不错哦"的顾菁菁。

他大致的意思是：虽然有个人，第一眼就把你击中，造成48小时超长续航的贯穿伤。但那样的人太过虚幻，美得只可远观而不可近玩，否则等到日常琐碎把一切的美都消磨殆尽时，真就无可挽回，连可供回味的价值都不再有了。

对他来说，"小龙女"与"青花瓷"都像不可触碰的梦境过客，而顾菁菁是恰恰好令他心动又不至于心惊的。她优雅、大方聊得来，又有一点要强的事业心，沉淀着叫人踏实的烟火气，与他的生活节奏相合拍。打个比方说，下雨天不一定要用手帕擦水，还可以用纸巾；下雨天也不一定要喝杯讲究的功夫茶，还可以喝可乐；但席天卷地的细雨之下，每个人肯定都会需要一把伞。

所以，在这场堪称耗掉了他全部好运气的"艳遇连环杀"里，他选择了长久的爱情，舍弃了那些对他造成 48 小时贯穿伤的虚幻。

他只对她说："我可以给你想要的生活。"

她便可以答："好，那我们在一起。"

有时候，梦想中的爱情总要趋之于上，但现实里的爱情往往得之于中。那么这场艳遇连环杀如果换作男主角是你的话，你会怎么选？

把生活过出诗意，在江南等一场雨

这是一个北方人感受不到的江南。北方人若是最近来江南，那么他们必定会打破此前对江南一切诗意的想象，并对江南的天气"深恶痛绝"。

因为黄梅雨季来了。

中学地理有这个知识点，通常每年六月中旬到七月上旬前后，在梅子的成熟期，华南准静止锋会光临长江中下游等地区，带来持续的阴雨天气。只是课本上的叙述太抽象太理论，古人"黄梅时节家家雨，青草池塘处处蛙"的表达又营造出了诗意的美感，然而真相应该是这样的——

听说有个北方的姑娘，梅雨季节到江南的朋友家作客，被这天气折磨得再也不想来江南玩耍。白天因为下雨，没法出去游玩就算了，等到晚上睡觉，垫床单嫌热，铺凉席睡不惯，开空调嫌冷，盖被子嫌湿度重……

总之，没有一样顺心的，人失眠到大半夜还是浑身难受得睡不着。

空气中湿度极其高，地面返潮严重，尤其是室内花岗岩瓷砖一类的地面，简直是一步一个脚印。一旦出了空调房间，人就感觉自己在蒸笼里，闷得噌噌往外冒汗。

可恨的是，汗还蒸发不掉，全黏在皮肤上。说是盐焗，会不会更生动形象一点？

至于衣服，天天必得换一套。然而直到家中衣架告罄，换洗内衣也七七八八地耗光，第一天晾起的衣服也难彻底变干。别说是完全闻不到一丝源自太阳和洗衣粉共同作用后的清爽味道，只要衣服没透出一股霉味，手感不那么湿软，就真的不错了。

江南梅雨季就是下雨下得醉醉的，不见日头。天气大抵只能分为下细雨和下大雨两种。若不凑巧碰上持续的雷暴，河水暴涨地下水倒灌，那么除了无法出门，地势低的人家还可以在自己家的一楼看看海。

严重的时候，地方上还要出动武警官兵，抗洪救灾。

今年江南的梅雨季，格外严重。先是半个月前就遭遇了大规模的雷暴天气，不少地方已然淹过一轮，然后房子都还没来得及晒干，天气就跑进梅雨季，且伴有升级到红色预警的雷雨。不少地方已出现险情，房屋被淹，老建筑下沉，城市积水严重，交通不便，学校停课……

受着罪的江南，除了齐心协力抢险救灾，祈愿雨水早些停住，也只能苦中作乐了。

比如前段时间朋友圈流行的段子：世界这么大，一起去看海吧！我带着你，你带着船。一定要带着船啊！因为……车开不过去啊！

忽然想起家乡有句更让人崩溃的谚语：处暑一声雷，半个黄梅倒过来。

这意味着，如果处暑节气那几日打雷下雨，那么黄梅天还得再来半个月，怎么忍……

天要下雨，娘要嫁人。

江南水网密布，人们面对天灾，唯有尽人事，无处去诉这个愁怨，而笑中带泪的各种段子，倒也显出一方百姓的情商和智慧。

想那白素贞，也只会是在西湖边呼风唤雨，因着一把伞与许仙定情，又为他触犯天条，水漫金山。这要是换在其他地方，指不定变成干旱、狂沙、龙卷风，怎么也缥缈浪漫不起来了吧。

当江南为梅雨所苦，文人墨客则纷纷在黄梅雨季里寻得诗性的归宿。

贺铸的《青玉案》写佳人韶华逝，叹人生不得志：试问闲情都几许？一川烟草，满城风絮，梅子黄时雨。

晏几道则同样在《鹧鸪天》里借景抒愁：梅雨细，晓风微，倚楼人听欲沾衣。

种种诗情，不可谓不美。然而，这并没有什么用……

窥一斑而知全豹，以"黄梅雨"这一江南特有的意象而言，江南的淡月微风，细雨轻愁，使其诗性氛围更容易被这样一种唯美的，甚至是略带几分颓废语调的声音表达出来。

再加上北方在政治、历史、文化上一贯的正统地位和强硬形象，江南风光时常无法跳出诗人政治家的抱负与实际追求。多纯粹的自然之美也逃不过"山外青山楼外楼，西湖歌舞几时休"的嘲讽和喟叹。

更别提"把吴钩看了，栏杆拍遍，无人会，登临意"的不甘和意气。

其实，江南不尽是美的，她的诗性自尊之下也有着江南百姓的无奈。大概只有世世辈辈都在重复经历着梅雨气候的江南人，才能在连日雨水带来的麻烦和苦难里炼化出一些自嘲和乐趣。化解日常碎屑的平淡和郁闷，做出最直接的表达。

现代文明的高歌猛进让我们的精神日趋赤贫，快代替了慢，看代替了想，刺激代替了美感。

或许作为一个土生土长的江南人，也只能在习惯了如此气候之后，凭借仅剩的一点点审美想象，去感受到窗外落雨时，两三对檐下燕停在电线上轻啄羽毛，亦或夜凉如水的平淡诗意了吧。

待到"梅雨霁，暑风和，高柳乱蝉多"，江南人对闷湿天气的埋怨，也就转移到难耐的酷暑上了。

若是来观光游玩，最好别太指望《采莲曲》里"闻歌始觉有人来"的夏日民风情趣，能勉力寻一寻"旧时王谢堂前燕"的人文意趣，已是好的了。

已遭雷劈，你最好别回来

又不是梅雨天！

三月的江南小城居然就没有断过雨，下午更是噼里啪啦一阵雷鸣电闪。阴阴郁郁的天傲娇得简直可以冲破银河系。我在写字楼里朝外望：是不是欺负我忘记带伞？有种下刀子看看啊！

不一会儿，我室友姑娘的 QQ 头像在电脑右下角跳起来："一个雷把这片儿的电都劈掉了。"

我问："现在怎么样了？"

"悬，应该正在抢修。"

我扁扁嘴："那晚上回去不是连路灯都没？我一个姑娘家不敢的……"

"你一身正气，不怕邪物入侵。"

我环视整个办公室，然后憋着笑埋头啪啪啪打字："那我一定带个回去给你玩玩，我知道你就喜欢那种新鲜可口、别具风味的小东西。"

"我去，你最好别回来了！"

下班的时候，座位对面的妹子阿陶说："有家胖子烧烤贼棒，物美价廉小哥帅，约不约？"

我果断说约！下雨、断电、没带伞的情况下，也就只有吃的可以填补前者在我生命里打开的缺口了。

啤酒一杯下肚，酒嗝打得像华山论剑那么痛快。可惜老板不帅，被阿陶坑了。而在我大口咬上那串烤娃娃菜的瞬间，老板帅不帅这个问题就跟我没有半毛钱关系了。

"你能不能吃慢点啊？"阿陶举着烤全翅，像是举着示威的小红旗一样。

"饿啊。"

"我都赶不上你的进度了！说好的娴静如水、温婉如玉呢？"她腾出手拨了下额前的空气刘海。

我停止咀嚼，举杯吆喝："那走一个吧。"

"呵呵，也好。"阿陶的眉头囧成了烤扇贝后留下的那个扇贝壳，皱皱的、白白的，真是美得如此细腻又粗犷。

"隔壁工位的妹子要离职，感觉好突然，好烦躁。她到底为什么要走？怎么连个招呼都不打？"阿陶换了串烤金针菇，惆怅得跟黛玉葬花似的，有一下没一下地折磨着淡黄色的菇类。

她又说："肯定找好不错的下家了，想想也是。就咱们公司这待遇，人迟早要走的。"

我赞同地点点头，暂停嚼土豆，发出了一声浑浊的感叹，孜然味的，还有点微辣。

她接着说："虽然也觉得自己前途渺茫，但一想到以后麻将约不起来——总有点淡淡的忧伤呢。"

"看得开些，都是会离开的。"我抬头说道。

她一口咬掉竹签上的金针菇，开始锲而不舍地骂我没良心："好歹大家相处了这么久，你怎么可以这么无情冷血，对这事儿无动于衷？"

"因为我不是铁手追命。"我抽空耸了个肩。

"还诸葛神侯呢，你够了！"她神秘兮兮地压低上半身，凑过来说，"你知不知道过分冷静的人会死于薄情？"

我笑笑，问："谁的名言？"

"我的。"阿陶说。

"真精屁。"我说。

在阿陶的概念里，能够凑上一桌麻将的才是真情谊。

一边摸着东、南、西、北、中、发、白；一边把公司里看不顺眼的人都数落一遍，怎么着也好过请两回星巴克的表面交情。

在我看来人山人海谁又能总成为谁的常驻嘉宾呢？基本都是过客吧。只是，人们爱抱团取暖，喜欢把利益趋同的小伙伴拉进同一阵线。

三杯酒下肚，称兄道弟。然而信息不对称，是世界上极为奇妙的存在。所谓真相，因人而异。

我想不起上次打麻将是什么时候的事情了，只记得有一天吃午饭路过茶水间，隔壁座儿那个要离职的妹子正在和公司副总吵个不停。

我不是故意偷听，不过"把孩子打掉"这五个字不偏不倚地钻进了耳朵里，像无法回收处理的垃圾，浪费了空间。

我狠狠地打了饱嗝，结账。花 32 块，烧烤吃到舒畅，不然怎么说我跟阿陶关系特别实惠呢！

回去的时候，阿陶借了我一把伞。白色塑胶把的透明伞，郭富城和陈慧琳的电影《别惹我（又名小亲亲）》是这么描述的——

我有一把白色塑胶把雨伞。

买的时候喜欢它雪白可爱，瘦瘦长长，简直像个鹤立鸡群的美女。

可惜这种美丽偏偏不耐看，风吹雨打久了颜色变黄，还多了雀斑一样的污迹。而且瘦长是没用的，哪里像折伞这么善解人意。

呵呵，想起这段台词的时候，我的心 Duang 了一下。因为我撑这把伞，看上去肯定像肿起来的水母，或者说，虚胖的乌贼更实在一点。发消息问室友："电来了没？"

室友回："没有。你什么时候回来？"

我回复："还早。"

从车站走回住的地方大概八百米的路程，没几盏路灯，即便昏暗好歹亮着。电，不是来了吗？谎言的气味？打开手机看时间，9 点 31，还有 29 分钟到 10 点。

我立在门外，隐约听到门内有男人的声音。我本能地飞奔下楼，立在雨中的路灯下。我像纸片人一样躲在伞底下，墨蓝色的雨砸下来，有黑夜的腐朽味道，有些粘稠的淡淡香味。

路边长长的围墙上攀满爬山虎，它们的藤蔓上还没长满浓密的叶，在风雨里晃着，更加纤弱。

那个男人是 10 点零 1 分从楼道里走出来的。他撑伞抬头，转身走进雨里的一瞬间，有地上积水折射的光落到他线条分明的脸上。

前男友，我的。

这么想来，室友早先聊 QQ 时的那句"你最好别回来了"，应该是发自肺腑。

而人世间所有的相遇和重逢，大概都一言难尽。

一只猫或者是狗，从黑暗里猛蹿出来。我猛抽一口气，吓得跳进了脚边的积水里。倦意全消，心跳飞快，像长了翅膀要冲出来。

伸手捂住心口，大着胆子朝后望，看不大清。一只猫，或者是狗，伏在垃圾桶后面，盯得我毛骨悚然。

室友这时发消息来："电来了！"

我回："快到了。"

插入钥匙，打开门，收伞换鞋。室友跑到玄关来打招呼，"外面雨大吗？"

"很大。"我说，"所以带个刚认识的朋友回来避避雨。"

我随手朝门外招招手，"进来吧，别客气。"

砰——

门突然被我使劲砸上。

"谁，谁进来了？"她话里的颤音听上去很有味道。

"新鲜可口、别具风味的小东西啊。"我说得很认真，一字一顿像入了魔怔。

室友一哆嗦，脸色白得像纸。我好奇她到底在虚什么，结果低头瞥见她脚下出现了奇怪的液体。

要猜的话，大概是伞上的雨水吧……我径自进客厅，感觉阳台上有双眼睛仍盯着我。这次，换我自己笑了。

看一部《穹顶之下》何必撕得这么用力

世界以痛吻我 要我回报以歌

那年我高一，政治老师在课上给我们放了一部纪录片。

我永远记得，下课铃响和片尾曲快要同时响起、同学们骚动着准备离开课桌四散撒欢的时候，向来好脾气的政治老师猛地一掌拍在讲台上，满腔怒气顿时化作深厚内力，仿佛要在讲台上留下一个血掌印。

教室里顿时鸦雀无声。

"都给我坐回去，听完片尾曲再下课！"他如沉默的活火山，骤然喷发出恨铁不成钢的怒意。

然后，他再没说话，只是把电影进度条拖回去，让那首《I need to wake up》从头响起。

这部电影，就是2006年上映的纪录片《难以忽视的真相》，一部反映全球变暖问题的纪录片，一部比《穹顶之下》更震撼、更发人深省的纪录片，一部拿下当年奥斯卡最佳纪录长片和最佳原创歌曲的电影。

当时，教室里不再有人窃窃私语，不再有人蠢蠢欲动。

十六七岁的我第一次见到老师发火不是因为学生恶作剧、不是因为学生抄作业、不是因为学生成绩排名、不是因为学生青春期荷尔蒙引发的一场场战争，而仅仅是因为学生下意识地流露出的一点点麻木和冷漠。他没有说教，没有训斥，没有告诉我们要怎么做，他只要我们听——

自此十年，这首歌再没有离开过我的电脑、mp3、mp4 以及手机。

后来的后来，我才有点明白，当时老师要我们听的或许是我们自己内心的声音，收拾影片给我带来的震撼和反思。当歌声响起的瞬间，极富磁性的女中音将清醒而挣扎的情绪传进我的心底，引起我内心的震颤。

我们当然可以选择一看了之，但我们以为事不关己可以高高挂起的那些事情，正与我们息息相关，同生共存，并不会因为闭上眼睛而不存在。

人心的炎凉，不过是转瞬的事情。少年时代的影响，却是根深绵远。

2008 年汶川地震，他站在讲台上，平静地说：我真不想走进来，看你们开开心心打打闹闹的样子！没心没肺！

然后，他红着眼睛什么都说不下去了。那份沉重和失望，至今都清清楚楚地留在我心里。

我最喜欢他讲的哲学部分，枯燥费解的哲学在他那里总显得生动有趣，也使得我对哲学产生了很大的兴趣，甚至一度买了黑格尔和尼采的书来读，尽管至今也未读懂多少。

他曾推荐了一本《苏菲的世界》给我们，还说想读的人可以问他借。后来这本书他借给了我，我还没来得及读完他就调离了我们学校。

至今，这本泛旧的《苏菲的世界》已被我包好书皮，在书架上珍藏了十年。

除了《难以忽视的真相》，他在教我们班的两年里，给我们放的每一部电影，我大多都记得——《拜见希特勒》《圣雄甘地》《女王》……

他是我整个高中时代最尊敬的、最有真性情的老师，没有之一。

梦想是白雪公主　现实是卖火柴的小女孩

柴静的《穹顶之下》出来时，我就觉得无论是拍摄手法、切入视角、政治争议还是社会反响，都与戈尔的《难以忽视的真相》很相似。

不过《穹顶之下》远没有达到《难以忽视的真相》里呈现出的那种水准，模仿成分显得更多一点。感性的亲情切入点，利用动画解释复杂的原理，大数据和曲线图的运用，现场演讲的模式等都是他山之石。

不过中国的纪录片确实有所欠缺，何况片子还是自费完成，学学别人好的地方，也是理当。重要的是，一部纪录片，把一个问题放到公众面前引起更多关注而带来的价值，大于其拍摄的真实初衷。

与其追究柴静抽不抽烟、女儿患肿瘤的真正原因或者能源环保问题到底谁负责，不如去讨论如何解决那些因为要减少雾霾而引起的问题，讨论如何通过这样的作品能引起更多人对环境问题的注意。

戈尔落选美国总统之后投身于环保公益，他的这部《难以忽视的真相》上映时，也引起了飓风般的争议。有人指出他危言耸听，言过其实，但中国不就有句古话叫居安思危么？任何的揣测都掩盖不了这部纪录片带给我们的震撼。

从浩瀚宇宙里孤独的蓝色星球，不断落泪的南极冰川，日渐缩水的海岸线到大陆海洋里消隐的物种，我们看到以牺牲环境换取经济发展的世界，早已是千疮百孔。意识的深植太重要了，不仅要靠严格的制度来倒逼，也需要这样震慑人心的作品来拔除麻木的毒素。有前车之鉴，才知道未来需要面对的将会是什么。

就像当初政治老师在给我们看《难以忽视的真相》时说的：虽然戈尔把自己没能当选总统的政治失落放在了里面，但不妨碍这部片子真正具有的价值。不如就用英雄莫问出处来化解这一场尴尬吧。

雾霾也好，全球变暖也好，都不过是一个引子，是环境问题的冰山一角。但除去问题本身，只要你愿意往大了想，那么眼下任何一个社会问题都可以扯出一大堆政治制度、经济市场、军事外交的道理。一个人看待事物的方式，往往就是他对这个世界的居心。一个人做出什么样的反应，也能折射出这个人对外界的预期。

柴静不过是刚好关注了雾霾，又在这样一个充满"网民正义"的时代，无论是被曲解还是被捍卫，路不好走是肯定的。梦想是白雪公主，而现实却是卖火柴的小女孩。

就《难以忽视的真相》提出的温室气体减排，至今仍是各国的老大难问题。从美国、加拿大退出《东京议定书》，《哥本哈根协议》通不过，再到 2014 年 APEC 会议上中国承诺在 2030 年之前停止增加二氧化碳排放，美国方面到 2025 年减排 26%，解决之路也一直是困难重重，岂是拍部纪录片所能肩负的责任？

日剧《对不起，青春》里有段话是：做很冷之事的人比嘲笑别人冷的人更加热，因为嘲笑说好冷的人终归身在局外。

其实流言和偏见没有什么可怕的，麻木才是人心的终极 Boss。以麻木面对这个世界，无疑于慢性的自我毁灭。该庆幸，那些发出自己声音的人，还在发声。

否则，若我以痛吻世界，何颜要其回报以歌。

"我想要两颗西柚。"
在你耳边轻轻地说

Hey, I want to see you

你是谁就会遇见谁，所有的故事，成就了现在有温度的你。遇见小白，遇见故事里的另一个我。

我想起了高中时期，痞子蔡的那篇《围巾》，青春年华里会有我们很多不舍得抹去的痕迹，但是这些都没关系。各自安好，说不清道不明的感情才是最好的回忆。

——蓝色海上有麦田

那个人在的时候，想着无论如何，都还是能见到，说上那么一两句，但是 TA 一旦不在了，就真的没有了。

—— 叶子禾

多少友情在消磨中遗失殆尽，多少小伙伴改换了陌生人的脸孔？我们曾与之推心置腹、视为知音的人，是否还为我们保留着那一曲《高山流水》？

——老妖

电视剧不同于现实，重逢的剧情永远不会成为谁笔下的命中注定，而生活更不是演《琅琊榜》，因为你永远不知道剧情什么时候会反转，颠覆想法或出现转机。于是在人生还没有上演结局之前，我们唯有勇敢地前行了。

——落枫

我们走那么远的路，遇见那么多人，经历那么多挣扎，不就是想给自己一个交代吗？读惊蛰小白的文章，能强烈地感受到她直白的语言下，内心所表达的悲悯。她可能不励志、不鸡汤，无论是说别人的故事还是讲述自己的经历，都是要告诉大家：与其曲意逢迎，不如做回自己。

——衍

青春里，有那么一个在乎的人应该是很幸运的事，无论于你或于他。

——不如江久

知道什么是该做的很重要，可更重要的，是让自己真正去做到。偏偏很多人，都死在后半句上，言甚于行。

—— Echo

今天你在乎的、觉得不可原谅的事情，过几年还会有什么关系？每个人都有自己的生活，不会停滞不前。时间是良药，不假。

——她们都叫我二

分手一年有余，近五百个日日夜夜，我熬过来了。没少一块肉，但脱了层皮。情场失意，职场却得意了……总想写点什么纪念自己这段人生经历，但拿起笔又不忍心再回忆。看到这篇文章，觉得每一个字每一个标点符号都说出了我的心声。

——鸡汁的 77

很多时候，我们可以轻而易举滴水不漏地摆出一副老死不相往来的样子。即便多年过去，对方再次站在我们的眼前，我们也可以若无其事地跟其他人不痛不痒地说着可有可无的笑话。

倔强到消灭所有千丝万缕的联系，但是总在深夜里，看完一部电影，写完一篇日记，喝下一杯红酒，你似醉非醉，你躺在床上，记忆就像牛反刍，那些呛人的味道，那些五味杂陈，真切地挤满大脑。这个时候，只能再喝一杯，侧身睡觉。

——天方夜谭

以不同的笔法编织众生故事，用豁达的手势抵挡凄风苦雨。一路孤绝与贫瘠，一腔孤勇与富庶。

——沈栀暖

你是谁就会遇见谁，所有的故事，成就了现在有温度的你。遇见小白，遇见故事里的另一个我。

——慕卿月

小白的文字就像一杯调好的鸡尾酒，混合各种酒、饮料、果汁、汽水，味道自然不必多说。至于欣赏价值，懂她的人自然明白。而她故事里的人物则更像电影特写，画面深刻，让人心悸。

——木子

小白的故事看似轻轻浅浅，忽然就敲击到了内心柔软的地方。我们都有那样一个朋友，在身边俯仰生息。

——沉静天空

惊蛰小白的文章有点像张小娴，那是清浅流年后洗练的文字，彼时难以平复的心情，如今读起来都像是别人的故事，就这样婉婉道来，心中再无涟漪。这是适合一个人时看的文章，静下心来读，心情不能分享，却很容易把自己感动，文字润津心扉，过往的陈年旧事，口将言而嗫嚅，伴酒下肚。

——猫靴

年少时候的朦胧，成就了一段美好的回忆。却也经不住时间的考验，在互相折磨中，她最终选择了放弃。或许回过头来再看，会后悔当初的选择；如果重新来过，会有怎样的结局呢……

——Rene-summer

那些转瞬之间便会消失的路人，那些相携走过青春的伙伴，那些曾经念念不忘的爱人，终有一天，都会成为记忆里的某一人。可在记忆模糊之前，我们还有文字，还有故事，它们让我们在无数不安的夜晚，触摸到了温暖与感动，让我们相信，此刻即是永恒。

读惊蛰小白的文字，读懂身边走过的人，总或多或少带给我们的成长。

———斑斓的花

小白的文字干净而简洁，故事里充满了一股难以抑制的活力。那种感觉就像是投入水杯中的泡腾片，能够为寡淡的生活带来一丝丝甘甜的滋味。你能透过她的文字，发现她快乐而简单的内心，温暖而朴素。

———沈十六

小白的故事没有太多的波澜壮阔，更像是生活中"你、我、他"的那些平平淡淡的经历，如她所说"青春是一处遗址，我们都曾矫情地到此一游"。

青春之所以残酷是因为他是有寿命的，在青春有限的生命中每个人都会留下遗憾。而这些有关青春的遗憾更像是慢性毒药，在刚开始时不会让人觉得难受，时间久了后知后觉的难受时已经无药可救了。

———安妮宝强

小白的文字，没有用漂亮话来堆砌，看着给人一种厚实感，那样的贴近生活，又那样的像自己。那些生活的元素，就这样真真切切地放在里面，给你一种心安的感觉，又让你看见自己，会思考自己。

因为她真实的语言，触动了你的心。

——黑秘紫

　　小白是我见过最洒脱的女生，她的文章也比较跳跃，所以在读文过程中她也总能给我带来许多意想不到的惊喜，很多故事都是我以为猜中了结局，结果她却给了我一个大大的意外，而这一切又都在情理之中。

　　不同于其他励志作者的鸡汤文，小白的文章会让人感到故事就发生在自己的身边，不论你是谁，只要你沉浸进去了，总会从她的文章中有所收获，我想这就是小白文章最大的亮点吧。

——倾心蓝田

　　于至亲而言是悲苦，于仇人而言是喜事，于旁人而言是感慨，于自身而言是归宿。可是这归宿却没多少人是愿意去的，又为之奈何呢？世上多的是无力抗拒之事，而死亡便是让所有生灵最无法避免的结局。

　　近日看《三国演义》，对片尾曲甚是感慨，"暗淡了刀光剑影远去了鼓角铮鸣"，活着的人只须"担当生前事，何计身后评"。人人无不是自生而赴死，向死而生，既如此，何必在意人生长短，既然来到这里，就扮演好自己的角色，待到闭幕剧终还不是又开始了下一场。

——桃華

小白的文字清醒冷静，却总能在不经意间带给你恰到好处的感动。不过分渲染，不刻意逢迎，只是在忠实地记录、精准地表达，读她的文字，总是能读到自己。

——丁麟

我在 1800 米海拔，10 公里慢跑，每公里匀速 5 分钟；4000 米海拔骑过车，心率要比 2000 米海拔高不少，如果允许不掐心率爆个小表也慢不了多少——如果 5000 米海拔呢？有时候并不是又不优秀，而是人心它水涨船高。

——须史

念念不忘必有回响，然而真实的生活往往不是这样的。我们和自己的暗恋对象并没有发生过那么多的纠葛，我们和自己另一半的相遇也没有那么梦幻。然而这才是我们真实而温暖的人生吧？感谢小白的文章，让我回想起了曾经的自己。

——刘教练

读惊蛰小白的文字会有一种淡淡的忧伤，不热烈、不煽情，但总有一个点，引导着你，让你觉得真实。仿佛一瞬间就能把你拉回青春年少的兵荒马乱里，重新去感受爱与被爱。

——Fairy 张